# 奇譚ルーム

はやみねかおる

朝日新聞出版

き-たん【奇譚】めずらしい話。不思議な話。

奇譚
きたん
ル

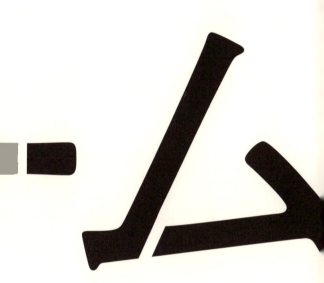

はやみねかおる

## もくじ

OPENING ——— 7

第 1 の 奇譚 ——— 39

第 2 の 奇譚 ——— 65

第 3 の 奇譚 ——— 81

第 4 の 奇譚 ——— 107

第 5 の 奇譚 ——— 135

第 6 の 奇譚 ——— 161

第 7 の 奇譚 ——— 179

第 8 の 奇譚 ——— 201

第 9 の 奇譚 ——— 223

ENDING ——— 235

あ と が き ——— 242

# OPENING
オープニング

OPENING

 いきなりの質問で悪いけど、教えてほしい。
 きみは、どのＳＮＳを利用してる？
 やっぱり、ラインやツイッターかな。フェイスブックやインスタグラムを使ってる人もいるんじゃないかな。
 そういうおまえは、何を使ってるのかって？
 ぼくは、ルームだよ。
 えっ、ルームを知らない⁉　……今、話題になってる最新のＳＮＳだから、知ってると思ったんだけど。
 じゃあ、ルームの説明を少しさせてもらおうかな。

 ルームは、ツイッターやフェイスブックのような、交流系のＳＮＳ。ホストが、あるテーマを持った部屋(ルーム)を設置し、そこへゲストを招待する形になっている。
 いろんなルームがある。
 仲間とひまつぶしの会話をするとか、映画の感想を話しあうとか──。
 指揮者が楽器の演奏家を集めてコンサートを開いたり、ちりぢりになってしまったクラスメートを集めて同窓会をしたりという例もある。
 一時的なものではなく、定期的に開かれるルームもある。そこでは、学校のように、いろんな講座が開かれたりしている。
 ぼくが招待されたのは、『奇譚(きたん)マニア』のルーム。
 えっ、『奇譚』の意味がわからないって？　奇譚というのは、めずらしい話や不思議な話のこと。ぼくは、自分で小説（のようなもの）を書いているので、そんな話に興味があるんだ。
 ルームの招待状が来たのは、今日のお昼。いつの間にか、部

屋のコルクボードにピンでとめてあった。

　招待状には、本日午後5時からルームを開くこと、入室のためのパスワードなどが書いてある。

---

　入室用ＰＷ：kitanmania4649
　土日祝日と木曜日の午後以外、入室可

---

　ぼくは、招待状を見ながら考える。
　いつ、だれが、招待状をコルクボードにとめたのか？　それに、ぼくが奇譚に興味があるって、どうして知ってるんだろう……？
　あやしいという以外、表現のしようがない招待状。
　なのに、ぼくがルームに入ってみようと思ったのは、小説を書くことに行きづまっていたから——。奇譚を聞くことで、小説のヒントがつかめるんじゃないかと思ったからだ。

　ルームには、パソコンやスマホ、タブレットから入れる。
　今、部屋には、デスクトップパソコンが2基、タブレットが2台、ノートパソコンが3基、スマホが2台ある。
　そのなかで、愛用のノートパソコンを立ちあげる。書きかけの小説が入ってるフォルダーを見ないようにして、ダウンロードしたルームのアプリケーションをクリック。
　最初に出てくるのは、ドアの画像。
　ドアの表面に、個人情報を登録する画面が浮かぶ。名前や年齢、ルーム内で使う名前を入力するんだけど、あとでもかまわないので、なにも記入せず「登録完了」のボタンをおす。

OPENING

　すると、ドアノブの上にパネルが現れた。ここに、入室のためのパスワード「kitanmania4649」を打ちこむ。
　ルームへのドアが開いた。
　真っ白な壁(かべ)の殺風景な部屋。
　この段階で専用のゴーグルをつけると、ヴァーチャルリアリティーのように、ルームのなかを自由に見わたせる。
　部屋の中央に、大きなまるいテーブルがある。そのまわりに、10脚(きゃく)の白いいすが並んでいる。
　ルーム内に入ると、ぼくらの姿はアバターとして表示される。奇譚(きたん)マニアのルームでは、アバターとして、動物のぬいぐるみが使われる。最初に希望を聞かれなかったから、どんな動物になるかは、ホストが勝手に決めるようだ。
　ちなみに、ホストは、自分で開くルームのアバターを管理する権限をあたえられている。たとえば、ホラー映画を語りあうルームのホストは、アバターにゾンビを使ったりしている。一度、洗濯物(せんたくもの)愛好者のルームに招待されたんだけど、そのときはＴシャツのアバターだった。
　さて、奇譚マニアのルームでは、ぼくはどんな動物のぬいぐるみになっているのだろうか？
　自分の手を見る。蹄(ひづめ)がついている。体には、田んぼのヒビ割れのような網目(あみめ)模様がある。見慣れた動物のような気もするけど、なんだったかな……？
　ルームのなかを見回しても鏡がないので、どんな動物になってるかは確認できない。
　ぼくは、並んでるいすのひとつを見た。シロクマのぬいぐるみが座っている。

やぁ。

シロクマの上に、ふきだしが浮かんだ。

ルームでの会話は、キーボードやマイクを使う。入力した文字や音声が、ふきだしで現れるようになっている。

ほとんどの人が、キーボードで入力せず、音声入力する。そのほうが、速いし楽だからだ。

ぼくも、音声入力で発言する。

こんにちは。探偵さん——と呼べば、いいんですね？

アバターの上に現れた、『探偵』と書かれた名札を見て、ぼくは言った。

ああ。よろしく、頼むよ。

探偵が、現実社会で本当に探偵をしてるかどうかは、わからない。ルームに入るとき、ここで使う好きな名前を登録することができるからだ。

そういえば、ぼくは名前を登録しなかった。自分の上を見ると、名札が現れていない。

でも、探偵は気にしないのか、ぼくの名前を聞いてこない。

しばらく無言の時間が流れた。

OPENING

アイドル

すると、ノックの音がして、ドアが開いた。オオカミのぬいぐるみが立っている。

あの……ここ、奇譚マニアのルームですよね？

オオカミとは思えない気弱そうな感じの発言。上には、『アイドル』の名札。

探偵

ああ、そうだよ。どうぞ、どうぞ──。

アイドルは、ひとつうなずくと、ルームに入ってきた。そして、探偵のとなりに座る。

次に入ってきたぬいぐるみは、タヌキ。『人形遣い』の名札が現れる。

ノックもなしにドアを開け、

人形遣い

やぁやぁ、こんにちは。おじゃまするよ。

雰囲気としては、ふきだしのなかの文字を大きくしたい。

人形遣いは、ぼくの左どなりに

座ると、休むことなく話しはじめる。

人形遣い いすばかり多く並んでるけど、まだ半分も来てないのか……。ずいぶんさびしいルームだな。こんな調子で、はじめられるのかい？　たいくつだったら、おれが人形劇を見せてあげてもいいが、この姿でできるのかな？　いや、それ以前に、人形がないじゃないか。

ふきだしのなかに、

人形遣い ハッハッハ！

と、笑い声が出た。ルームの音声入力は優秀(ゆうしゅう)で、笑い声やクシャミの音も、きちんと再現する。

ふきだしで、ルームの空間がいっぱいになってくる。次にだれかが話さないと、笑い声のふきだしがいつまでも残ることになる。

次に入ってきたのは、ゾウ。名札は、『先生』。残念なことになにも言わず、軽く頭を下げると席に着いた。

OPENING

　その後も、『マンガ家』の名札のコアラ、『ヒーロー』の名札のライオン、『新聞記者』の名札のチーター、『少年』の名札のヒツジのぬいぐるみが入ってきた。
　この4人も、無言。
　そして最後に『遊民』の名札のクロヒョウのぬいぐるみが座り、すべてのいすがうまった。

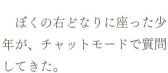

『遊民』って、なんですか？

　ぼくの右どなりに座った少年が、チャットモードで質問してきた。
　チャットモードを使えば、指定した人とだけ、ほかの人には見られることなく会話をすることができる。

> 仕事をしないで遊んで暮らしてる人のことだよ。

　相手が『少年』の名札をつけていたので、年も近いんじゃないかなと思い、ぼくは気軽な口調で答えた。

> そうですか、ありがとうございます。

　少年の口調は、礼儀正しい。ぼくが名札をつけてないので、どんなことばづかいをすればいいのかわからないのだろう。そうだとしたら、なんとなくぼくと似ている。
　少年が続けた。

> やっぱり、あなたは、ぼくより物知りですね。認めます。

　えっ？

OPENING

　……なんだ、この言いかた？　まるで、ぼくのことを知ってるような口ぶりだ。
　質問しようとしたとき、新しいふきだしがルームに現れた。

人形遣い
まだ、はじまらないのか！

　人形遣いだ。不満な感じが、よく出てる。

先生
落ち着きなさい。もう、はじまりますよ。

　この冷静な感じのふきだしは、先生。

先生
10脚のいすが全部うまってます。つまり、ルームに入室しなければいけない人間は、ホストも含めて全員集まったということです。これから、ホストが、口火を切って話しはじめるでしょう。

　説得力のあることばだ。
　ぼくらは、ホストのことばを待つ。しかし、だれも話そうとはしない。

探偵
これは、おかしいな。

　探偵が腕を組む。

探偵

> ホストがいなければ、ルームを開くことはできない。なのに……。

それに対して、クロヒョウのぬいぐるみ――遊民が手を挙げた。

遊民

> おれは、ルームというＳＮＳについてくわしくないんだが――。たとえば、ホストが存在せずに、ルームが開設されることはないのか？

探偵

> ないね。

断言する探偵。

探偵

> ホストは、ルームの運営側に、どんなルームを開設するかやゲストを何人まで招待するかを申請し、ルームの鍵をもらう。ホストは、ルームの内装を整え、ゲスト分のいすを用意し、パスワードの書かれた招待状を出す。つまり、これらの仕事をするホストがいない限り、ルームは存在しないんだ。

スラスラ流れる探偵の説明。
今度は、オオカミのぬいぐるみ――アイドルが手を挙げた。

アイドル「ゲストは、必ずルームに来るんですか？　招待状だけ受け取って、入室しないって場合もあると思うんですけど……。」

　すると、探偵——シロクマのぬいぐるみが、腕をふった。本当なら、チッチッチと指をふりたいのだろうが、ぬいぐるみなので表現しにくいのだ。

　ちなみに、「歩く」や「座る」、「手を挙げる」などのかんたんな動作は、ふきだしの内容などからコンピューターが判断してやってくれる。「腕を組む」や「肩をすくめる」とか、今の探偵のように「指をふる」というような少し複雑な動作は、コマンド入力が必要になる。

　つまり、探偵はコマンド入力してまで、指をふりたかったわけだ。なかなか、こだわりのある性格の人のようだ。

　その探偵が、発言する。

探偵「それはないだろう。第一にホストは、招待されても来ないような人間に、招待状を出さない。」

　この説明に、みんなはなにも言わない。
　でも、ぼくには聞きたいことがある。
　——ホストは、どうやってゲストを選んだんですか？　どうして、ぼくが奇譚に興味があるって知ってるんですか？

ぼくは、九つのぬいぐるみを見回す。

このなかのだれが、ぼくの好みを知ってるのか……。ぼくは、それを知りたい。

人形遣い

なんにしても、ここに来てるやつらは、奇譚が好きなんだ。モメずに、仲良くやろうぜ。

人形遣いが発言した。

先生

でも、考えてみると、奇譚の登場人物はかわいそうですね。永遠に死ぬことなく、奇妙な物語のなかで生きつづけなければならないのだから。

先生——ゾウのぬいぐるみが、組んだ手の上にあごをのせて発言した。テーブルに、長い鼻がはみ出す。

遊民

おや、もう奇譚を披露するのかい？

遊民のふきだしには、茶化すような雰囲気がある。

先生

そんな気持ちはありません。ただ、わたしは奇譚を聞くたびに、死ぬことのない登場人物に同情してしまうんです。

本当に、登場人物は、永遠に死なないのでしょうか？

少年が、ふきだしをはさむ。

ぼくは、思うんです。登場人物も、死ぬことはあるんじゃないかって。

どういうことだい？

登場人物には、物語を成立させるという存在意義があるんです。もし、自分の存在に意味がないと思ったとき、登場人物は死ぬでしょうね。

なるほど、ストーリーづくりの勉強になるな。

マンガ家が言ったあと、新聞記者がつぶやく。

ホストがだれかわからないが、このまま進行していってもいい雰囲気だな。

そのとき、天井にふきだしが現れた。

ようこそ、諸君！　今日は、ルームの開設にふさわしい日なのだよ。

ぬいぐるみが、いっせいに、たがいを見回す。

マンガ家:「だれだ、今の……。」

探偵:「だれでもない。でも、このなかのだれかが、ホストモードで発言したのだろう。」

探偵が説明する。

ホストには、ホストモードとゲストモードの、2種類の発言のしかたがある。つまり、一人二役の話しかたができるというわけだ。

探偵の説明が続く。

探偵:「あと、わたしたちが発言するとき、ふきだしには、登録した者の名前が自動でつく。だから、だれが発言したかわかる。でも、今の発言は、登録した者の名前がつかなかった。」

新聞記者:「ということは、名前を登録してない者の発言か？」

新聞記者のことばに、ぬいぐるみたちが、いっせいにぼくのほうを見た。

「今のは、ぼくじゃありません。ぼくも招待状をもらったゲス──」

ぼくの発言の途中で、また発言主不明のふきだしが現れる。

> わたしが、このルームのホストなのだよ。
> 名は、『マーダラー』。

マーダラー……。殺人者って意味だ。

> これから、きみたちをひとりずつ殺していくのだよ。

マーダラーのふきだしで、ぼくの発言が消されていく。

> だれから殺すかは決めてないのだよ。もし、早く殺してほしい者がいたら、手を挙げてほしい。優先的に殺してあげよう。

ぬいぐるみは、だれも発言しない。もし、それが生きた人間だったら、顔色が変わっていたことだろう。

人形遣い
> ハハハハハ！

笑い声のふきだしが現れた。

人形遣い
> おれたちを殺す？ なにをバカなことを。現実世界じゃないんだ。ここは、ＳＮＳの世界。どうやって殺すというんだ？

> やれやれ。

マーダラーの発言。困ったもんだという感じが伝わってくる。

> 証拠を見せないと信じないというわけかね。残念なのだよ。せっかく、趣向をこらして、ゆっくり殺そうと思っていたのに。

そのことばに、ぼくらは息をのむ。いったい、マーダラーはなにをしようというのか……。
　次の瞬間、ぼくの右どなりから、ヒツジのぬいぐるみが消えた。少年だ！
　少年が、消えてしまった……。
　マーダラーのふきだしが現れる。

> わかってもらえただろうか？　今、ひとり、殺したのだよ。

人形遣い「フッ……。バカなことを。」

人形遣いが反論する。

人形遣い「彼はログアウトして、ルームから出ただけだ。それを殺しただなんて大げさな──。」

新聞記者

いや、マーダラーの言ってることは本当かもしれない。

新聞記者が口をはさむ。

新聞記者

わたしは、ルームを取材したことがあるからわかるんだ。ルームからログアウトするときは、アバターがドアを開けて出ていく仕様になっている。今みたいに、瞬間的に消えるってのは、ありえない。考えられるのは、機械がこわれたか、ユーザーになにか起きたか……。

アイドル

ホストは、アバターのデータを管理できるんですよね？　だったら、ホストのマーダラーが、データを消したとか？

アイドルの質問に、チーターのぬいぐるみ——新聞記者が、首を横にふる。

新聞記者

そこまでの権限は、ホストにあたえられていない。

だから、言ったのだよ。

マーダラーのふきだしからは、やれやれという感じが伝わってくる。

> きみたちがルームに入った時点で、わたしが、きみたちとアバターを同一化(シンクロ)させたのだよ。アバターが消えるということは、きみたちの命も消えるということなのだよ。これで、理解してくれないかね。

理解しようにも、そんなバカなことが起こるはずがない。

> しかたない、証拠(しょうこ)を見せよう。このなかで、いちばん痛みに強そうなのは、探偵(たんてい)のようだね。悪いが、少しがまんしてほしいのだよ。

次の瞬間(しゅんかん)——。
シロクマのぬいぐるみの腕(うで)が不意に曲がると同時に、枯(か)れ木が折れたようなポキッという音がした。

探偵

ぐっ！

押(お)しころしたような探偵のふきだしが現れた。これは、探偵の……悲鳴？

> 腕を折られたのに、派手にさけばないのはさすがなのだよ。やはり、わたしの見る目は正しかった。

腕を……折った……？

これで、きみたちがアバターと同一化(シンクロ)してるのが理解できたかな？　アバターを少々たたいたぐらいでは、きみたちに伝わらないが、さすがに骨折レベルだと痛いだろうね。

ゾワリと背筋の毛がさかだつ。

もう少し、証拠を見せてあげようか。諸君、現実世界の体を見てほしいのだよ。

マーダラーに言われて、ぼくはゴーグルをはずした。

今、きみたちの手の甲(こう)に『×』印を記入したのだよ。

えっ！
両手の甲を見る。
……だいじょうぶだ。なにも書かれてない。

見えにくい者は、手の甲をこすってみたまえ。

　言われるまま、手のひらでこする。右手の甲……なにも現れない。しかし左手の甲に、赤くミミズばれが浮(う)かんだ。
　×……。
　ぼくは、ことばが出ない。
　ここは、ルームのなかではない。現実世界だ。部屋を見回しても、だれもいない。

なのに……なのに、ぼくの手に×印がついている。マーダラーは、いったいどうやってつけたというんだ。

ゴーグルをつけ、ルームにいるみんなを見回す。そのようすから、ぼくだけでなく、全員の手の甲に×印が書かれてることがわかった。

マーダラーのふきだし。

> これでもまだわからない人は、手を挙げてほしい。胸にナイフをつきさしてあげよう。

ぼくたちは、だれも発言しない。

今、このルームは、マーダラーに支配されている。だれも逆らうことができない。

> にげだしたいかね？　ログアウトしたいかね？　やめたほうがいい。わたしの許可なしに、そのようなことをしようとしたら、すぐに死をあたえるのだよ。

ヒーロー「許さん！」

ヒーローが、はじめて会話に参加した。

ヒーロー「きさまのようなやつは、このわたしが、必ずたおす！」

それは、実に"ヒーロー"らしい発言だった。でも、ことばだけが先走ってる感じがして、ぼくの心には響かない……。

> では、きみから殺すけど、それでもいいのかな？

　ぼくらは、ヒーローの発言を待つ。
　……沈黙。

> 警察に、相談しよう。

マンガ家

　マンガ家が提案する。すぐに、マーダラーのふきだしが現れる。

> それも、やめたほうがいいのだよ。というのも、きみたちがログアウトしたあと、ぬいぐるみのデータは、わたしの手元に残るのだ。そして、ログアウトしても同一化(シンクロ)は解除されない。きみたちのだれかひとりでも警察にかけこんだ段階で、わたしはすべてのぬいぐるみを火のなかにほうりこむのだよ。

　だれもなにも発言しないが、空気がザワリと動いたような気がした。

> 自分たちに起こってることが、わかったようだね。では、これから、きみたちにやってもらうことを説明するのだよ。

そのふきだしを、ぼくは、合格発表の掲示板を見るような気持ちで見つめる。

> ひとりひとり、奇譚を披露してもらう。順番は、こちらで決める。その奇譚がおもしろかったら、助けてあげよう。つまらなかったら、即座に殺す。——以上なのだよ。質問はあるかね？

アイドル
> おもしろいかつまらないかは、だれが決めるの？

> わたしなのだよ。

人形遣い
> なんだ、それは！　ふざけるな！　どうせ、おもしろくても『つまらない』と言って、殺す気だろ！

> わたしのことばを信用するかどうかは自由だが、ふざけてなどいないのだよ。わたしは、いたって真面目だ。不満があるのなら、すぐに殺す。わたしとしては、とびきりおもしろい奇譚を披露することを、おすすめするのだよ。

……ぼくは考える。

確かに、マーダラーの言うとおりだ。ぼくらには、奇譚を披

露する以外、選ぶ道はない。

> しかし、わざと『つまらない』と言ったと思われるのも、心外なのだよ。だから、もう少し条件をつけよう。

そのふきだしに、ぼくらは希望を持つ。

> 助かりたいなら、わたしの正体を推理してみたまえ。もちろん、当てずっぽうはダメなのだよ。ちゃんと根拠を示さないと、認めないのだよ。あと、推理を披露できるのは、ひとりにつき１回だけで、まちがえていたら即座に殺すよ。でないと、当たるまで何度も言いだしかねないからね。

マーダラーの正体……。
それをつきとめれば、助かる。でも、チャンスは１度だけ。なかなか厳しい条件だ。

> わかってもらえたところで、最初に話してもらうのは、マンガ家にしようと思うのだよ。職業がら、おもしろい奇譚を知ってるだろうからね。

マンガ家

> なんで、おれなんだ！

マンガ家の発言を、マーダラーは無視する。

> あさっては、木曜日か。じゃあ、次の集合は金曜日にしよう。午後5時。時間厳守で、よろしく頼むのだよ。

だれも返事をしない。そんな気分じゃない。

> あと、言わなくてもわかってると思うが、集合しなかった者は、順番に関係なく殺すからね。

それ以降、マーダラーの発言はなかった。

先生
> だれなんだ？

先生が、みんなを見回す。

先生
> マーダラーは、このなかにいる。それは確かなんだ。いったい、だれがマーダラーなんだ。

当然のことだが、だれも反応しない。
　先生は、「みんな、目を閉じて、机にうつぶせになれ。そして、マーダラーは手を挙げなさい。正直に言えば、怒らないから」――こんなことを言いだしそうな雰囲気だ。

遊民
> どうして、このなかにマーダラーがいると言えるんだ？

遊民「11人目に入室してきたやつが、アバターが出ないようにして、マーダラーを名乗ってるかもしれないじゃないか。」

遊民の発言に、新聞記者が首を横にふった。

新聞記者「この部屋に入れるのは、10人までなんだ。それは、用意されたいすの数でわかる。」

ルームに入れる人数の上限は決まっている。いすの数が「10」ならば、この部屋に11人目が入ることはできない。

新聞記者に、オオカミのぬいぐるみ——アイドルが質問する。

アイドル「例えば、同じアバターをふたりの人間が使うことはできないんですか?」

新聞記者「それは無理だ。逆に、ひとりの人間がふたつのアバターを使うことはできるけどね。そのときでも、この部屋に入れるアバターは10体までだ。」

……つまり、どう考えても、11人目は存在しないということか。

新聞記者の説明に、みんなだまりこむ。

ぼくは、まわりのアバターを見る。
——このなかに、マーダラーがいる。
そう思うと、なかなか発言することができない。
人形遣いが、探偵に聞く。

あんたなら、マーダラーがだれか、わかるんじゃないか？

それは無理だ。推理するには、手がかりが少なすぎる。

その返事に、

使えねぇ探偵だな。

ふつうなら心のなかで思うだけのところを、しっかり発言してしまう人形遣い。

マーダラーの正体もだが、この状況を何とかする方法を考えようぜ！　みんなで知恵を出しあえば、なにか名案が出るかもしれない。

こう発言したのは、遊民だ。
でも、すぐに新聞記者に否定される。

新聞記者
それは無理だよ、遊民くん。このなかには、マーダラーがいるんだ。どんな名案を出しても、つつぬけだ。

遊民
チャットモードを使ったら、どうだ？

ねばり強く発言する遊民。

新聞記者
やってみるかい？　チャットモードで選んだ相手がマーダラーだったら、きみはすぐに殺されるだろうね。

また、否定された。

マンガ家
ちょっと、待てよ。

マンガ家が立ちあがる。

マンガ家
次が自分の順番じゃないから、みんな、のんきにしてるんだ。もっと真剣に考えてくれよ！

だれも発言しない。なにか言おうにも、なにを言ったらいいのかわからない。
いや、ひとりだけ発言する者がいた。
ヒーローのふきだしが現れる。

OPENING

ヒーロー

あきらめちゃダメだ！　希望を捨てない限り、われわれは負けない！

　全員が、それを無視する。彼の発言が、ティッシュペーパーほどの重みもないことに、みんな気づいてしまっている。

探偵

とにかく、今できることはひとつしかない。

　探偵がいすを手で示し、マンガ家を座らせる。

探偵

マーダラーは、どのような手段を使ったのかわからないが、ぬいぐるみとわれわれを同一化した。そして、ぬいぐるみをすべて管理できる能力も持っている。つまり、マーダラーの言うことを聞いて、金曜日の午後5時に集まるしかないんだ。

マンガ家

おれは、どうなるんだ！

　息をするのがつらくなるような、マンガ家の発言。確かに、彼が言いたいことはわかる。でも、ぼくは、次が自分の順番でないことに、とりあえずホッとしている。

探偵

今、きみに言えることは、ひとつしかない。

　探偵は、マンガ家と目を合わさない。

探偵:　マーダラーが、おもしろいと言うような奇譚を用意することだ。それしかない。

マンガ家:　用意できなかったら？

　マンガ家に聞かれ、探偵はだまりこむ。
　代わりに答える者もいない。
　答えがわからないから、発言しないんじゃない。口にしたくないから、だまってるんだ。

　気がついたら、ぼくはログアウトしていた。ゴーグルの内部が、真っ暗だ。
　ゴーグルをはずし、壁の時計を見ると、ものすごく時間がたっていた。
　——いったい、どうしてこんなに長いこと……。
　1時間ぐらいしかたっていないと思っていたのに、もう数時間が過ぎている。
　とてものどがかわいている。いつの間に飲んだのか、ミネラルウォーターのペットボトルが空になっている。
　肩が重い。目の奥がゴロゴロして、全身が疲れているのがわかる。
　大きく息をはき、体をのばす。
　目の前のノートパソコンには、閉じられたドアが映っている。
　今度、このドアを開けるのは金曜日の午後5時。もし、入室しなければ、ぼくはマーダラーに殺される。

OPENING

　奇譚を話すのは、マンガ家。話しおえたとき、彼が生き残れるかどうかは、マーダラーの気持ちしだい。
　そして、ぼくには、ドアを開ける以外の選択肢はない。

# 第1の奇譚

マンガ家

現実世界にもどったぼくは、助かるためにどうすればいいか、考える。
　いくらマーダラーだって、現実世界では人間だ。それなら、警察に相談してマーダラーの居場所をつきとめ、つかまえてもらうのがベストだ。
　しかし、この方法には問題がある。
　まず、手がかりが少ない。ルームでの会話を思いだしても、マーダラーの居場所がわかるヒントになるようなことはなかった。
　次に、ぼくらは、へたに動けないということ。
　マーダラーは、だれかが警察にかけこんだら、すべてのぬいぐるみを火のなかにほうりこむと言った。つまり、現実世界で、ぼくらがなにをしてるかを、マーダラーはつかむことができるということだ。
　もし、自分の正体をさぐってる者がいると知ったら、マーダラーは、すぐにぼくらを殺すかもしれない。
　ただでさえ手がかりがないうえに、へたに動いたら殺される状況(じょうきょう)。残された方法は、推理だけでマーダラーの正体をつきとめることだけだ。
　ほうりだしたくなるぐらい難しい問題だけど、命がかかっている。やるしかない。
　ルームでのやりとりを、もう一度最初から思いだす。
　ゲストのなかのだれがマーダラーか？　発言のなかに、なにかヒントはないか？　ぬいぐるみのなかで、あやしい動きをしたものはなかったか？
　ベッドに寝(ね)ころび、白い天井(てんじょう)を見ながら考える。
　マンガ家、ヒーロー、人形遣(つか)い、新聞記者、遊民、先生、ア

イドル、探偵……。
　この8人のなかに、マーダラーがいる。
　そのとき——。
　ひらめいた考えに、ぼくはベッドの上で飛びおきた。
　少年！
　最初に殺されたということで、マーダラーの候補から少年をはずしていた。
　もし、マーダラーが少年自身で、殺されたように見せかけていたとしたら……。
　だれも、少年を疑わない。この考えに、ぼくの心臓はドキドキする。
　少年とは、少しだけチャットで会話した。そのとき、彼は、ぼくのことを知ってるような感じだった。いや、"彼"と言ったが、男性とは限らない。
　だめだ……。そこまで疑ったら、なにもできない。ぼくは、チャットのときの雰囲気を思いだし、少年は"男性"で、"ぼくと近い年齢"ということは信じてもいいような気がした。
　さて、どうやって少年について調べるかだが……。
　ぼくは、いい方法を思いついた。
　本当に少年が死んでいたら、必ずニュースになっているはずだ。そんなニュースがなかったら、少年は死んでいない。つまり、少年がマーダラーということになる。
　ぼくは、たくさん置かれた通信機器のなかから、いちばん近いところにあるコンピューターを選び、電源を入れ——あれ？電源が、入らない。
　何度、電源ボタンをおしても反応しない。この機械、こわれ

てる。

　いつの間にこわれたのか気になるけど、今は、それよりニュースを調べるほうがだいじだ。

　ぼくは、愛用のノートパソコンを立ちあげ、ネット検索をする。

　新聞記事のまとめから、ルームが開設された日に少年が死んだニュースをさがす。すると、１件引っかかった。

　歩きスマホをしていた少年が交通事故にあい、運ばれた先の病院で死亡が確認されたという記事。

　心臓が、ドキドキする。

　歩きスマホ……。この少年は、スマホでルームに入室していたんじゃないだろうか？　そして、マーダラーは、交通事故に見せかけて少年を殺した……。

　ぼくは、マーダラーの能力にゾッとする。交通事故に見せかけて殺す、そんな魔法のようなことができるのか……。

　ノートパソコンの電源を切り、考える。

　ぼくらとアバターを同一化させ、現実世界では魔法のように人を殺せるマーダラー。こんなマーダラーをたおす方法があるのか？

　答えは、すぐに出た。

　無理だ！

　絶望感で、ぼくは目を閉じる。

　あっという間に、金曜日はやってきた。
　けっきょく、なにも手がかりを見つけられないまま、ルームに入室するしかなかった。

少しもテスト勉強せずに、学校へ行かなければならないときの気分だろうか？　いや、そんなあまいものじゃない。今回、奇譚を披露するマンガ家は、奇譚がおもしろくなかったら死が待っている。
　そして、ぼくらは、その死を目撃しなければいけないんだ。
　胸の奥に鉛がつまったような気分で、いすに座る。
　ルームにいたのは、シロクマのぬいぐるみ——探偵だけだった。
　探偵は、なにも言わず、ぼくに向かって片手を挙げる。ぼくは、軽く会釈するだけ。なにか話す気分じゃない。
　次に入ってきたのは、アイドル。そのあとも、人形遣い、先生——と、少年以外の全員が入室したが、だれもなにも言わなかった。
　みんなは、マンガ家がなにか言うのを待っている。それに対し、マンガ家は、うつむいたまま静かに座っている。
　最初に発言したのは人形遣いだ。

よくにげなかったな。

人形遣い

　マンガ家が、聞きかえす。

あんたなら、にげるか？

マンガ家

　ぼくなら、どうするか？　やはり、マンガ家と同じように、ルームへ来るだろう。にげてもむだなんだ。だったら、ここに来て、奇譚を話すほうがいい。マーダラーが、おもしろいと言

えば、生きのこれる可能性がある。

　だれかが、ため息をついた。いや、気のせいだろう。だって、ぬいぐるみのアバターは、ため息なんかつかないから。

> ようこそ、諸君。

　突然(とつぜん)、マーダラーのふきだしが現れた。

> だれひとりにげることなく、全員がそろったことを、とてもうれしく思うのだよ。みんな、奇譚(きたん)が好きなのだね。

　……笑えない。

> さぁ、マンガ家くん。きみへの期待は大きい。みんなをガッカリさせないような奇譚を頼(たの)むのだよ。

　マンガ家──コアラのぬいぐるみが、チッと舌打ちしたようだ。いや、気のせいにちがいない。だって、ぬいぐるみは舌打ちなんかしないから。

マンガ家
> これは、おれが体験した話で、あまり思いだしたくない話だ。

　そして、少し間があいてから、テーブルの上に円筒形(えんとう)のモニターが浮(う)かびあがった。その表面に、打ちだされる文字。
　──これが、マンガ家の奇譚……。

ぼくは、夢中になって読みはじめる。

---

　マンガ家の仕事ってのがどんなものか、みんなは想像できるかな。

　たいていの人は、毎日毎日、部屋にこもって原稿をかいてるってイメージを持ってると思う。

　実際は、原稿をかくまでに、いろいろ準備作業があるんだ。

　おれみたいに月刊連載が１本しかないマンガ家でも、それなりにやることは多い。

　まずは、担当編集さんとの打ちあわせ。それをもとに筋書きをつくり、打ちあわせをしながらネーム作業に入っていくんだ。

　ネームってのはわかるかな？　マンガの下がきみたいなものだと思ってくれ。

　月刊連載は30ページあるから、30ページのネームをつくらなきゃいけない。

　このネームができたら、また編集さんと打ちあわせをして、手直しする。

　ここまでで、だいたい10日ぐらいかかるな。

　編集さんからＯＫが出たら、ネームに沿って下絵をかく。

　おれは、下絵に１週間ぐらいかけるな。

　下絵が完成したら、いよいよペン入れだ。いそがしいマンガ家だと、何人もアシスタントを使うんだけど、おれは、ほとんどひとりでやってる。

　せめて、背景をかくアシスタントだけでもほしいんだけど、やとう金がないのが正直なところだ。

ペン入れにかかる時間が、だいたい１週間から10日。

　これで、しめきりぎりぎりの完成って感じだな。

　売れっ子の先生みたいに、しめきりまぎわの修羅場はない。原稿料が安いのをがまんすれば、そこそこ食っていける。連載原稿がコミックスになれば、少しはまとまった金も入る。

　満足してるわけじゃないが、好きなマンガをかいて生きていけるんだから、ぜいたくを言う気にはなれない。

　なのに、その月だけは予定が変わった。

　まず、はじめてのコミックスが出ることになり、そのカバーイラストをかかなきゃいけなくなった。あと、書店の販売促進用に、イラストのかきおろし。

　そして、コミックス発売記念ということで、連載原稿にカラーページがついた。もともとカラー原稿はにがてなうえに、時間がかかる。

　さらに、ほかの雑誌から依頼のあった、読みきり短編のしめきりが重なった。

　ぐだぐだ言ったが、おれにとっては、１日が48時間ぐらい必要な状況になったと思ってくれ。

　ミスだったのは、金を惜しんで、アシスタントをやとわなかったことだ。

　ひとりでもなんとかなる——状況を、あまく見すぎていた。

　最初の10日ぐらいは、睡眠時間や食事の時間をけずることで、なんとかごまかすことができた。

　しかし、半月が過ぎるころから、体力が続かなくなってきた。それをカバーする精神力も、限界がきた。

　どうして、こんなつらい思いをしてるのか？　考えても答え

は出ない。
　マンガをかくのが好きだから──そう言いきかせて、考えないようにした。
　全然、つらいことはない！　起きてるあいだ、ずっとマンガをかいていられるなんて、最高じゃないか！
　そう思いこんで、地獄のような日々を耐えた。
　そして、しめきり３日前。
　起きているのか眠っているのか、死んでいるのか生きているのか──そんな、はっきりしない時間が続いた。
　食事もとってなかったと思う。
　しかし、空腹は感じない。限界まで疲れてるので、食欲がないのだろう──最初は、そう思った。
　でも、腹に手を当てて、おどろいた。
　内臓が消えてしまったのかと思うぐらい、体がうすっぺらくなっている。
　──腹がすかないのも、当然だ。胃も腸もなくなってしまったんだからな……。
　風呂？　そんなものは、意識から消えていた。
　体から妙なにおいがするのは、体を洗ってないから当然だと思った。
　それが、だんだん肉がくさったようなにおいに変わってきた。
　最初のころは心配もしたが、だんだん気にならなくなった。
　──ひょっとして、体がくさってきたのか？　おれは、生きてるのか？
　自分が死人になったような気がして、心がザワザワした。
　墓の画像をプリントして壁にはった。すると、妙に気持ちが

落ちついたんだ。
　——おれは、生きた死人になった。
　そんなことを考えながら、それでも仕事の手は休めなかった。まったく、自分で自分をほめてやりたいよ。
　そして、いよいよしめきり前日。
　残った仕上げ原稿の枚数は、いつもなら楽勝でできる量だ。
　しかし、そのときのおれは、体力も気力も限界を超えていて、とてもじゃないけどふだんのスピードが出せない状況。
　だが、不思議と落ちついていた。体といっしょに感情も死んでしまったのかと思った。
　意識はもうろうとしていた。
　ぼんやりした頭がはっきりしたのは、激しい痛みを感じたからだ。
　見ると、デスクから転がり落ちたペンが、足の甲につきささっている。
　あわててペンをぬいたおれは、窓の外を見て、おどろいた。
　夜が明けていて、明るいんだ。時計を見ると、しめきりまでもう１時間しか残ってない。
　さけびだしたい気持ちをおさえ、おれはデスクを見た。そして、心臓が止まりそうになった。
　残っていた原稿が、すべて仕上がってるんだ。
　信じられなくて、何度も原稿を見た。
　でも、やっぱりできている……。
　おれは、編集さんが来るまで、魂がぬけたみたいに立ちすくんでたよ。

先生: なにはともあれ、よかったじゃないですか。

最初の感想は先生。

遊民: でも、不思議な話だな。どうして、原稿が完成したのか？

遊民がつぶやく。

アイドル: ハイホーこびとじゃないですか？

アイドルのふきだしに、ぬいぐるみたちが首をひねる。

アイドル: 聞いたことありませんか？　仕事が残ってるのにいねむりしてしまったとき、ハイホーこびとが現れて、残りの仕事をかたづけてくれるんです。

ぼくは、なんとも言えない気持ちで、アイドルのふきだしを読む。

人形遣い: それだと、奇譚じゃなく、童話だな。

人形遣いが、ばかにしたように言った。
マンガ家――コアラのぬいぐるみが、ブンブン手をふる。

マンガ家

いや、ちょっと待ってくれ。実は、まだ話してないことがあるんだ。

そのふきだしを見て、みんな、マンガ家の話を待つ。

マンガ家

ペンがささるまで、おれはもうろうとしてたと言っただろ。どうやら、そのとき、いねむりをしてたみたいなんだ。

アイドル

やっぱり、ハイホーこびとのしわざだったんですね！

アイドルの発言は、全力で無視される。
マンガ家が続ける。

マンガ家

いねむりしてたおれは、夢を見てたようなんだ。はっきりしないのは、その夢が、とても奇妙(きみょう)な夢で……。

マンガ家の発言が、とぎれる。話すのを、ためらってるようだ。
しばらくして、マンガ家のふきだしが現れた。

マンガ家

夢のなかで、もうひとりのおれがデスクに向かい、必死で原稿をかいてるんだ。おれは、その姿を、じゃまにならないように見つめている。そして、原稿をかきあげたもうひとりのおれは、おれの手をバトンタッチするようにたたき、部屋を出ていった。

　だれも発言しない。
　"もうひとりのおれ"……。

新聞記者

なかなか奇譚らしいな。つまり、マンガ家さんは、『ドッペルゲンガーを見た。そのドッペルゲンガーが、原稿をかいてくれた』――そう言いたいんだな？

　新聞記者が質問した。
　"ドッペルゲンガー"とは、自分と同じ姿をした人間を見たり、自分と同じ姿をした人間が別の場所に現れる現象のこと。そして、ドッペルゲンガーを見た人は、近いうちに死ぬとも言われている。
　一般的な知識じゃないので、だれか質問するんじゃないかと思ったけど、よく考えたら、ルームにいるのは奇譚マニアの人間ばかり。
　ドッペルゲンガーなんて、基礎知識だ。
　マンガ家のふきだしが現れる。

おれだって、あれは夢だと思いたい。ドッペルゲンガーを見ると死ぬとも言うしな。でも、ドッペルゲンガーが手伝ってくれたとでも考えないと、説明ができないんだ。

鏡に映った自分を見て、寝不足の頭がかんちがいしたんじゃないのか？

人形遣いの質問に、コアラのぬいぐるみ——マンガ家が首を横にふる。

おれは、鏡がきらいでね。部屋に鏡はないんだ。

では、アシスタントの人が、あなたを助けるために来てくれたんじゃないですか？

先生の質問にも、首を横にふる。

金ももらえないのに手伝いに来るようなアシスタントは、おれの知りあいにはいない。それに、それほど暇なやつもいない。

もう、だれも発言しなくなった。
そろそろマーダラーがなにか言うんじゃないかと思ったころ、探偵のふきだしが現れた。

コタール症候群だな。

聞いたことのないことばだ。

なんですか、その"コタール症候群"って？

先生が首をひねる。

かんたんに言うと、自分は死んでいると思いこんでしまう、心の病(やまい)のひとつだ。

シロクマのぬいぐるみ——探偵が、マンガ家を見る。

あなたは、しめきり前の修羅場(しゅらば)を、無理に『全然、つらいことはない！ 起きてるあいだ、ずっとマンガをかいていられるなんて、最高じゃないか！』と思いこむことで、乗りきったんだな？

コアラのぬいぐるみ——マンガ家が、うなずく。

現実は、とてつもなく苦しいのに、無理に楽しいと思わなければならない。そのことに、心が耐(た)えられなくなったのだ。

探偵

> そして、うつ状態になったあなたは、コタール症候群を発症した。

マンガ家は、探偵のことばを静かに聞いている。

探偵

> 食事をとらなかったり、風呂に入らなかったりするなど、死人のような生活をするのは、コタール症候群の症状だ。また、墓地など、死を連想させるもののそばにいると安心したりもする。ほかにも、内臓がなくなったと感じたり、体がくさってきたように思ったりもする。

ぼくは、マンガ家の奇譚のなかに、そのような話があったのを思いだした。
探偵が、マンガ家に言う。

探偵

> その段階で休養をとることができればよかったのだが、あなたはさらに追いつめられていく。そして、ドッペルゲンガーが現れた。

探偵とほかのぬいぐるみのふきだしに、ちがいはない。なのに、探偵のふきだしには、反論できない力強さがある。

探偵

ドッペルゲンガーは、自我同一性障害などで説明できることが多い。追いつめられたあなたの精神は、かなり危険な状況になっていたようだな。

マンガ家

つまり、ドッペルゲンガーなんかいなかったって言いたいのか？

マンガ家の質問に、探偵がうなずく。

探偵

そのとおり。つまり、原稿を完成させたのは、ドッペルゲンガーではなく、あなた自身だ！

探偵――シロクマのぬいぐるみが、マンガ家を指さす。しかし、ぬいぐるみなので、ただ腕をのばしたようにしか見えない。

探偵

ボクサーが、意識を失ったまま最終ラウンドまで戦ったという話は、よくある。それと同じで、あなたも意識がないまま原稿をかきあげたのだろう。しかし、その原稿のできはどうだったか？

探偵の問いかけに、マンガ家は答えられない。

意識がもうろうとした状況でかきあげたマンガが、おもしろいはずがない。マンガは、それほどあまいもんじゃない。わたしの推理では、原稿はボツになったんじゃないか？

そのとおりだよ。

マンガ家のふきだしからは、どこかなげやりな感じがする。

おかげで、おれは信用も仕事もなくしたよ。

探偵――シロクマのぬいぐるみが、ひとつうなずいて続ける。

現実を認めたくないあなたは、『この原稿をかいたのは自分ではない。自分は、こんな信用をなくす原稿はかかない』、そう考えた。その気持ちが、もうひとりの自分――ドッペルゲンガーを生みだしたのだよ。

いや、おれは――

マンガ家は、反論しようとした。しかし、ことばが続かない。
マンガ家自身が、いちばんわかってることを指摘され、言い返せないのだろう。
そのとき、

> つまらないのだよ。

マーダラーのふきだしが現れた。

> きみは、本当にプロのマンガ家かね？　ルームに入るのに、本当の職業を書く必要はないから、実は、全然ちがう職業の人間なんじゃないかい？

ばかにしたようなマーダラーのふきだしに、コアラのぬいぐるみは、なにも発言できない。

> しめきりさえ守ればいいというのは、素人(しろうと)の考えかたなのだよ。しめきり内で最高のものをしあげるのがプロじゃないのかね？

厳しいマーダラーのことばに、ぼくは、自分の手がふるえているのに気づく。
マンガ家が、発言する。

マンガ家:　素人に、えらそうに言われたくないな。あんたらに、かくほうの苦労なんか、わかるはずがないんだからな。

> そんな苦労なんか、わかりたくもないし、わかる必要もないのだよ。素人は、ただ単に、おもしろいマンガを読みたいだけなのだよ。そんなこともわからないのかね？　それではマンガ家失格だと言われてもしかたないのだよ。

そのことばに、もうマンガ家はなにも言えない。
マーダラーのふきだしが続く。

> というわけで、きみの奇譚はつまらなかったのだよ。約束どおり、きみを殺すよ。

コアラのぬいぐるみが、消える。

……今、マンガ家が死んだ。

マーダラーが、発言する。

> さぁ、次の話し手を決めるのだよ。

ぼくは、そのふきだしにショックを受ける。
　今までは、マンガ家が防波堤になっていた。でも、もう防波堤はない。次の話し手に指名されたら……。
　ほかのぬいぐるみも、同じことを感じているのだろう。みんな、うつむいている。
　そのなかで、タヌキのぬいぐるみ——人形遣いが発言する。

人形遣い

どうやって、話し手を決めるんだ？

大サービスで、教えてやろう。

マーダラーが発言すると同時に、ルーレット盤がテーブルに現れる。

盤の周囲には、10個のポケット。それぞれに、アバターの画像がついている。

ひとつ、見覚えのないキリンの画像がある。これが、ぼくのアバター……。

ポケットのうち、ヒツジとコアラの画像がついたものに、ふたがされている。

ルーレットが回りはじめた。

ボール投入！

どこか楽しそうなマーダラーのふきだし。

金色のボールが、カラカラカラとルーレットのなかを転がる。

回転がおそくなり、ボールがポケットのなかに落ちた。

ぼく

# 第1の奇譚

> おめでとう！　次の話し手は、ヒーローに決まったのだよ！

　商店街の福引が当たったときのような、ガランガランと当たり鐘の鳴る音。
　ぼくではなかったことにホッとすると同時に、そんな自分に自己嫌悪。
　チラリとライオンのぬいぐるみ――ヒーローのほうを見る。
　まっすぐ前を見たままのライオン。ショックを受けているのだろうか。

> それでは、今度の集まりは月曜日にしよう。月曜の午後5時、忘れないように。――もっとも、命がかかってることだから、忘れないだろうがね。

　そして、マーダラーは沈黙した。

人形遣い

> ルームを出ていった……ってわけじゃないんだろうな。なんせ、マーダラーは、このなかにいるんだから。

　人形遣いの発言に対して、だれもなにも言わない。
　ヒーローが立ちあがった。そのまま、ドアのほうに向かう。
　ルームから出る直前、ふりかえって発言する。

ヒーロー
安心してくれ。このわたしが、命に代えても、マーダラーをたおす。

それに反応したのは、人形遣いだけだ。

人形遣い
楽しみにしてるぜ。

本心からの発言でないことは、だれもがわかった。
残された７体のぬいぐるみ。

アイドル
次の集合は、月曜日です。それまでに、なにかできることを話しあいませんか？

アイドルが提案した。

遊民
しかし、このなかには、マーダラーがいる。どんな話しあいをしても、すべてマーダラーに知られてしまうんだぜ。

遊民が反対する。

新聞記者
いや、ひょっとすると、ヒーローがマーダラーかもしれない。

この新聞記者の発言は、すぐに人形遣いが否定する。

人形遣い

> それはない。おれが思うに、ヒーローは、口先だけのいくじなしだ。それに比べて、マーダラーは腹のすわった悪党のにおいがする。同じ人間のはずがない。

聞いていた多くのぬいぐるみが、ウンウンとうなずく。
ぼくは、発言する。

> 前回、少年が殺されました。でも実は、マーダラーの正体は少年で、殺されたふりをしてるんじゃないかと思いました。

先生

> すごい推理ですね。

ゾウのぬいぐるみ——先生が、大げさにおどろく。

遊民

> それで、本当に、少年がマーダラーなのか？

遊民に聞かれ、ぼくは首を横にふる。

> ネットに、歩きスマホをしていて交通事故にあった少年が、運ばれた先の病院で亡くなったというニュースがありました。それを読んで、スマホでルームに入っていた少年が、マーダラーに殺された——最初は、そう考えました。

でも、それこそがトリックなんじゃないかと……。無関係な少年が交通事故で死んだのを利用し、自分が死んだようにみせかけたのではないかと……。

探偵のふきだしが現れる。

探偵
少年がマーダラーではないかという疑いは、わたしも持った。しかし、その可能性はない。

人形遣い
なぜだ？

人形遣いに聞かれ、探偵が答える。

探偵
今日、少年がルームに来なかったからだ。ルームで発言できるのは、ルームにいる者だけ。マーダラーが発言したとき、少年はいなかった。つまり、少年はマーダラーではない。

かんたんな話だというように、探偵が言う。

人形遣い
なるほど。さすが、探偵だ！

人形遣いが、拍手する。

探偵

同じ理由で、マンガ家もマーダラーではない。マンガ家がルームから消えてからも、マーダラーの発言があったからね。

探偵の発言に、みんながうなずく。
だれがマーダラーか？
その謎は、まだ解けない。

# 第2の奇譚

## ヒーロー

# 第2の奇譚

ヒーロー

> これは、夢の話だ。

そう前置きして、ヒーローは、奇譚を語りはじめた。

月曜日のルーム。

前回と同じように、ぼくらは集まった。だれもなにも言わないのも、前回と同じ。

そして全員がそろうと、なんの前置きもせず、ヒーローは話しはじめた。

このあいだ、ルームを出るときに、ヒーローは『命に代えても、マーダラーをたおす』と言った。

そんなことば、ぼくはまったく信用してない。なぜなら、"マーダラーをたおせなかったときは、どうやって責任を取るか"という、覚悟が感じられないからだ。

"命に代えても"とは言うが、命がかかってるのは、ぼくらも同じだ。

口では、なんとでも言える。覚悟のないことばには、なんの重みもない。

ほかのゲストも、ぼくと同じように思ってるだろう。

だから、責任の取りかたにふれることなくヒーローが話しはじめたとき、なにも不思議に思わなかった。

マンガ家のときのように、テーブルの上に円筒形のモニターが浮かびあがる。

ぼくは、モニターの表面に映しだされる、ヒーローの奇譚を読みはじめる。

その男は、自分はなにもできない人間だと思っていた。
　子どものころは、勉強も運動もできず、友だちと話すのも、にがてだった。
　自転車に乗れないので、みんなが自転車で遊びにいくとき、ついていくことができなかった。
「特別なことができなくてもいい。でも、みんなができることぐらいは、できるようになりたいな」
　そう願っても、やはり、男はなにもできないままだった。
　じょうずになったのは、ため息をつくことだけだった。
　大人になるころには、あきらめることもじょうずになっていた。
　そんな彼が、ある女性を好きになった。
　一方的な好意を持ったまま、１年が過ぎた。なんとかして自分の気持ちを伝えようとがんばったのだが、男はなにもできなかった。
　女性がほかの男と結婚するのを知ったとき、男は、ほほえむことしかできなかった。
「おまえ、夢は見ないのか？」
　ある日、幼なじみと酒を飲んでるとき、聞かれた。
「ぼくには、夢も希望もないよ。きみも、ぼくがなにもできない人間だってこと、知ってるだろ」
　チビチビとビールを飲みながら、男は答えた。
「そうじゃない。おれが聞いてるのは、夜に見る夢のことだ」
　ビールを豪快に飲みほし、幼なじみが言った。
「夢……」

男は、考える。
——あれ？　ぼくは、夢を見たことがないのか……？
どれだけ思いだそうとしても、夢を見た記憶がない。
——ぼくは、夢を見たことがないんだ。
そう気づくと、夢を見たくて見たくてしかたがなくなった。
——どうやったら、夢を見ることができるんだろう？
男は、いろいろ調べる。
ぐっすり眠る方法や、悪夢を見ない方法は、わかった。でも、"夢を見る方法"は、どれだけ調べてもわからなかった。
今までなら、夢を見ることもできないんだとあきらめていただろう。しかし、今回だけはちがった。
——現実では、なにもできないんだ。せめて、夢ぐらい見たい！
男は、会社を辞めた。そして、大量の食料と水を用意し、アパートの部屋に閉じこもった。
ベッドに入った男は、部屋の電気を消し、固い決意を持って目を閉じる。
——ぼくは、夢を見るまでベッドから出ない。もし、見ることができなかったら……このまま死のう。
眠る。目が覚める。でも、目は開けない。そのくりかえし。
そんな生活が３日続いた。まだ、男は夢を見ることができなかった。
そのうち、だんだん意識がボンヤリしてきた。
目を開けても、電気をつけてない部屋は暗い。起きているのか眠っているのかわからない状態。
１週間が過ぎ、食料がなくなった。

でも、まだ夢は見られない。
　男は、もうベッドから起きあがる体力がなかった。
　──夢も見られなかった……。本当に、ぼくはなにもできない人間だったんだな……。
　男は、死を意識した。
　目を開けているのか開けていないのかもわからなくなったとき、不思議なことに気づいた。
　電気をつけていないのに、まわりが明るい。
　アパートのベッドのなかにいたはずなのに、広い空き地に立っている。
　──どうしたんだろう？
　あたりを見回し、そこが、小学生のときに遊んだ空き地だということに気づいた。
　──学校から帰ったら、みんな、ここに集まったんだっけ。ここから、みんな自転車で目的地に行くんだ。でも、ぼくは自転車に乗れないから見送るだけ。そのうち、空き地に行かなくなった。
　そんなことを思いだしていると、男は、自分の横に、自転車が止まっているのに気づいた。
　またがってみる。ペダルに右足を乗せ、回してみる。
　右足に力を入れ、ペダルを踏みこむ。
　左足も、ペダルに乗せ、踏む。
　グン、グン！
　自転車は、たおれることなく加速する。そのまま空き地を出て、通学路へ出る。
　グン、グン！

空を飛びそうな勢いで自転車は走る。
　材木屋、写真屋、郵便局、畳屋——。いつもの風景が、すごいスピードで流れていく。
　——なんだ、自転車に乗るのなんて、かんたんなことじゃないか。
　男は、自然とほほえんでいた。
　そこで、目が覚めた。
　ベッドからはいだし、体を引きずるようにして洗面所に行く。蛇口をひねり、ガフゴフと水を飲む。
　——ぼくは、夢を見ることができた。
　ホッとすると同時に、男は意識を失う。
　あまりのまぶしさに、目を細める。
　蝉の声がうるさい。
　見回すと、男は、川岸の岩の上に立っていた。はだしの足が、冷たい。
　岩から下をのぞくと、深い淵になっている。緑色の水が、のっぺりとよどんでいる。
　岩から水面までは、３メートルぐらいの高さがある。
　——ここは、近所にあった川だ。みんな、この淵から下に飛びこんでいたっけ。
　男は、泳げない。泳げたとしても、飛びこむなんて、とてもこわくてできない。
　でも……。
　そのときの男は、泳ぐことも、飛びこむことも、なんだかとてもかんたんなことのように思えた。
　思いっきり、息を吸いこみ、足元の岩をけった。

ザッヴァン！
　派手な水しぶきを上げて、男の体が水のなかにしずむ。
　さっきまで聞こえていた蝉の声は消え、代わりにゴボゴボゴボという水の音が、耳の奥でひびく。
　しずんでくる男におどろいた小魚の群れが、サッと散らばる。
　男は、円をえがくように両腕を動かしていた。体が、グンと持ちあがる。
　水のなかから見上げると、黄色い太陽がグニャグニャの形になって光っている。
　思ったよりかんたんに、顔が水の上に出た。
「ぷふぁあ！」
　思いっきり口を開ける。空気が勢いよく入ってくる。
　そのまま、手と足を動かし、浅瀬に向かう。
　河原に上がると、ものすごく体が重い。大きな石の上に転がり、太陽を見上げる。
　さっき見たのとちがい、とても元気のある太陽は、ジリジリと男の体をあぶる。
　——なんだ、泳ぐのも飛びこむのも、かんたんじゃないか……。
　男は、満足げな笑みを浮かべ、目を閉じる。
　次に目を開けたとき、輝く太陽は消えていた。
　真っ暗な部屋のなか。
　——さっきのは、夢……？
　男は、手をにぎったり開いたりする。さっき、水をかいた感触が、まだ残っている。
　鼻のなかに水が入って気持ち悪かった——こんな経験をする

のもはじめてだった。
　男は、寝ころんでいた床から、ゆっくり起きあがる。
　体は、動く状態ではなかった。食べるものも水も、ろくに体に入れてない。
　しかし、男のなかには気力が充満していた。それが、体を動かしている。
　元気になっても、男は部屋を出なかった。夢を見るのが楽しくて、外へ出る気になれなかったのだ。
　——できる……。夢のなかなら、ぼくはなんでもできるんだ……。
　一日中、真っ暗な部屋のなかで、男は眠って夢を見た。
　時間の感覚は、すぐになくなった。今が朝なのか夜なのか？　そんなこと、どうでもよかった。
　それまで見られなかった反動か、いろんな夢を見た。
　いちばん多く見たのは、子どものころの夢だった。
　夢のなかで、男は成績がよかった。運動もできた。友だちもたくさんいた。
　だんだん、男の記憶は書きかえられていった。
　——ぼくは、本当はなんでもできたんだ。ちょっとした思いちがいで、なにもできないって思いこんでしまったんだ。ああ、ひょっとすると、なにもできないのは夢のなかの自分のほうなんじゃないだろうか……。
　駄菓子屋の夢も見た。
　ざぶとんに座った老婆が、店の奥でいねむりしている。客はいない。
　店のなかに入った男は、チョコレートを手に取る。ポケット

に、お金はない。
　男は、ここが夢のなかだと思っている。だったら、べつに盗んでもいいんじゃないかと考えた。
　チョコレートをポケットに入れ、店を出ようとしたとき、いつの間にか老婆がうしろに立っていた。
「あんた、お金は？」
　手をのばす老婆を、男は、思いっきりつきとばした。
　ちがう夢では、男は、学校から帰るところだった。ランドセルが背中にはりつき、暑い。
　男は、道を見回す。そこは、２年生のときまで使っていた道だった。３年生になってから使わなくなったのは、道沿いの家が大型犬を飼いはじめたからだった。
　犬は、男を見ると、盛大に吠えた。それがこわくて、男は、その道を通ることができなくなった。
　男は、道を歩きつづける。数メートル先では、男に気づいた大型犬が吠えはじめた。つながれているのだが、くさりを引きちぎりそうな勢いで、男に向かって吠える。
　男は、おそれることなく犬に近づく。
　バウギャウ吠える犬に、足元の石を拾うと、思いっきり投げつけた。
　キャウン！
　鳴き声を上げ、犬がしっぽを丸める。
　だが、男は、石を投げるのをやめない。何個も何個も──。
　やがて、犬は鳴かなくなった。小さく丸まり、ふるえるだけ。
　男は、足元に落ちている鉄の棒を拾った。そして、それを犬の頭に向かってふりおろした。

ギャオン！
　それが、犬の最後の鳴き声だった。
　男は、目を覚ました。心臓が激しく鳴り、全身に汗をかいている。手が、ふるえている。
　手のひらをなめる。鉄の味が、口のなかに広がった。
　大きく息を吸う。心臓の音が、だんだん静かになる。
　――やった……。ぼくは、やってやったぞ。
　暗闇のなか、男のほおに笑みが浮かぶ。
　現実ではできないことが、夢のなかではかんたんにできる。
　男は、自分が生まれ変わったような気がした。
　夢のなかで、男は女性に会った。男が、一方的に好きだった女性だ。
　――夢のなかなら、彼女と結婚できる。
　男は、自信満々に、プロポーズした。
　答えは、「ノー」だった。
　それどころか、女性は男を気持ち悪がり、二度と自分の前に姿を現すなと言った。
　――……。
　男は、信じられなかった。
　夢のなかでは、なんでもできるんじゃなかったのか？　思いどおりになるんじゃなかったのか？
　――こんなことが起こるはずがない。おかしいのは、自分ではなく、この女だ！
　いつの間にか、男の手には、大きなナイフがにぎられていた。
　男は、そのナイフを、女性に向かって何度もふるう。どれだけ切りつけても、女性は、ばかにしたような目で男を見るだけ。

女性が、死ぬことはなかった。
　そこで、目が覚める。
　気持ちの悪い汗が、全身をおおっている。どれだけ深呼吸しても、心臓は静かにならない。
　頭が、割れるように痛い。
　――おかしい……おかしい。どうして、あの女は死なないんだ？　おかしい……おかしい。
　頭痛は、ますます激しくなる。
　頭をふって痛みを飛ばそうとするが、ますますひどくなる。
　暗闇のなか、台所のほうでキラリと光るものが目に入った。それは、カーテンのすきまから差しこむ光を受けて輝く、包丁だった。
　――……。
　男は、ゆっくり起きあがり、台――

---

もう、いいのだよ。

　円筒形のモニターが消え、マーダラーのふきだしが現れた。

このあと、男は包丁を持って女のところに行くのだろ。見えみえの展開なのだよ。これ以上、読む必要はない。

　容赦ない感想だ。……でも、本当のところ、ぼくも同じように感じていた。
　ほかのぬいぐるみも、なにも言わない。どうやら、マーダラー

と同じような感想を持っているようだ。

> 待ってくれ！　まだ、わたしの話は終わってない！

ヒーローの発言に続いて、マーダラーのふきだしが現れる。

> どうせ、『この男というのは、実はわたしなんだ』というオチなのだろ。少しも意外性はないし、みんな気づいてたことなのだよ。

いくつかのぬいぐるみが、うなずいた。

> 現実世界では小心者の卑怯者でも、ＳＮＳのルーム──いや、夢のなかでは、ヒーローになれるという体験を元にしてるんじゃないのかね？

ぼくは、ヒーローを見る。
ライオンのぬいぐるみ──ヒーローは、なんの反応もしない。

> とにかく残念なのは、死がせまってきたとき、自分の弱さを公表してでも生き残ろうとしたことなのだよ。どうして、最期までヒーローらしく生きようとしないのだね？　実につまらなかったのだよ。

ヒーローは、なにも言いかえさない。いや、言えないのだろう。

まぁ、なんでもいいのだよ。きみは、わたしのもっともきらいなタイプなのだよ。ヒーローになるには、厳しい条件がある。そのなかでも、『行動する』というのは、もっとも大切な条件なのだよ。気持ちだけでヒーローになれるのなら、現実世界は、もっと平和になってるのだよ。

アイドル
それのどこがいけないんですか！

　反論したのは、オオカミのぬいぐるみ——アイドルだ。

アイドル
ヒーローになりたいって気持ちを持ってるだけでも、すごいじゃないですか！

マイナス３とマイナス４を比べても、どちらもマイナスに変わりはない。それだけの話なのだよ。

　マーダラーが、アイドルの反論を一刀両断する。

わたしが見たところ、こいつはヒーローにあこがれてる小心者の卑怯者。現実世界ではなれないヒーローに、ルームのなかではなれると思ったのかい？

　ヒーローは、答えない。

このなかのだれがマーダラーかはわからない。ぼくは、ヒーロー以外の6体のぬいぐるみを見回す。
　ニヤリと笑ってるぬいぐるみがいたら、そいつがマーダラーだと思ったからだ。
　だが、ぬいぐるみのアバターでは、表情がわからない。
　ぼくは、現実世界の手を顔に持っていく。ゴーグルの下の口元を手でさわると、ぼくは笑っていた。

> 最期（さいご）に、なにか言いたいことはあるかね？

　マーダラーの発言の次に、ヒーローのふきだしが現れる。

ヒーロー
> みんな……わたしは死ぬが、みんなは最後まで希望を捨てないでほしい。必ず、正義は勝つ！　わたしが死んでも、ヒーローの魂（たましい）は死な——

　突然（とつぜん）、ヒーローのふきだしと、ライオンのぬいぐるみが消えた。

> まったく……。とっくに、自分はヒーローではないと認めてるくせに……。最期の最期まで、見苦しいやつなのだよ。

　マーダラーのふきだしからは、吐（は）きすてるような感じが伝わってくる。

> さて、次に奇譚を披露する人間を決めるのだよ。

　もうヒーローのことなどなかったかのようなマーダラーのふきだし。ハートマークがつきそうな雰囲気だ。
　ぼくは、腹が立つ。殺していくのを楽しんでるマーダラーにも怒りがわくが、もっとも腹立たしいのは、なにもできない自分自身にだ。
　そのとき、チャットモードで話しかけられた。
　相手は、人形遣いだ。

人形遣い
> おまえに、話がある。

　それは、いつもとはちがい、とても真面目な感じのする発言だった。

# 第3の奇譚
## 人形遣い

> なんですか？

　ぼくの質問に人形遣いが答える前、もうひとり、チャットモードに参加してきた。
　アイドルだ。

人形遣い
> なんだ、アイドルも、こいつに用があるのか？

アイドル
> あれ？　人形遣いさんも、チャットモードを使ってるんですか？

　人形遣いとアイドル、偶然にも同じタイミングでチャットモードを使い、ぼくに接触してきた。
　しかし、いったい、ぼくになんの用があるんだろう？

人形遣い
> おれは、生き残りたい。

　人形遣いのふきだしが現れる。

人形遣い
> それには、マーダラーをたおさないといけない。だが、マーダラーが、だれかがわからない。そこで、おまえの出番だ。

　そう言われても、どうしてぼくの出番なのかわからない。

人形遣い
　おまえには、推理力がある。

推理力？

人形遣い
　最初に消された少年が、マーダラーではないか？　——この推理はまちがってはいたものの、たいしたものだ。おまえなら、マーダラーの正体をつきとめられると思ったんだ。

アイドル
　わたしも、そう思います。だから、あなたのお話を聞きたくて、チャットモードで話しかけたんです。

アイドルが、続けて発言した。
ちょっと待ってほしい。
ぼくに推理力？　そんなこと考えたこともなかった。

あまり期待しないでください。少年がマーダラーじゃないかと疑ったのは、必死で考えたからです。ぼくに、特別な推理力はありません。

人形遣い
　おれも、必死で考えた。

人形遣い：おれだけじゃない、ほかの連中だってそうだ。命がかかってるんだからな。しかし、少年がマーダラーじゃないかとは思いもつかなかった。

人形遣いは、ずいぶんとほめてくれる。

人形遣い：そこで相談だ。おれとおまえ——いや、アイドルもふくめた3人で協力し、マーダラーを見つけないか？

人形遣いの提案。
そのとき、なんの前ぶれもなく、チャットモードが終了した。

### ダメなのだよ、ないしょ話は。

テーブルの上に、マーダラーのふきだしが浮かんでいる。
ぼくらがチャットモードで話をしてたのが、バレている。マーダラーは、チャットモードを強制終了させる能力も持ってるのか……。

### さて、次に奇譚を披露してくれるのは。

ぼくは、またルーレット盤が出現するものだと思っていた。
でも——。

人形遣いにお願いするのだよ。

マーダラーが、指名した。

人形遣い
ちょっと待て！ どうせ、いつかは順番が回ってくるだろうから、それについては文句は言わん。だけど、どうして、おれが次なんだ？

わたしは、こう見えて小心者なのだよ。

マーダラーが、人形遣いの質問に答える。

だから、仲間を集めて、わたしの正体をあばこうとする者は、早く始末したいのだよ。

チャットモードの会話の中身も、マーダラーにはもれている。マーダラーに、隠(かく)しごとはできない……。

ここまで言ったら、きみを次の順番にしたのもわかるだろ。

もう、人形遣いはなにも発言しない。

では、次の集まりは、水曜日の午後5時。仕事がら、人形遣いは変わった話をたくさん知ってるだろうからね。

> 期待してるのだよ。

それを最後に、マーダラーの発言は終わった。
残された者は、だれも退室しようとしない。

人形遣い
> みんな、協力してくれないか。今から、マーダラーの正体を話しあうんだ。

人形遣いが、呼びかける。
ぼくは、円卓についている者を見る。新聞記者、遊民、先生、アイドル、探偵。
だれも、反応しない。もちろん、ぼくも——。

先生
> 無茶を言わないでください。マーダラーは、このなかにいるんですよ。そんな状況で、『あなたに協力する』と発言したら、すぐに殺されるかもしれない。

先生のふきだしが現れる。
遊民のふきだしが続く。

遊民
> そりゃ、あんたは次に死ぬかもしれないからな。だから、マーダラーの正体をあばこうなんて言えるんだよ。

遊民：おれは、死ぬのはこわくないが、進んで死にたいとも思わない。

探偵：冷静になったほうがいい。話しあっているうちに正解が見えてきても、マーダラーがちがう方向へ誘導(ゆうどう)するかもしれない。いちばんこわいのは、マーダラーが、無実のゲストを犯人に仕立て上げることだ。

これは、探偵(たんてい)のふきだし。

ほかの者は発言しない。でも、思ってることは、人形遣い以外の3人と同じだろう。

人形遣い：わかった。

人形遣いのふきだしが現れる。

人形遣い：水曜日まで、おれはおれなりに考えてみる。奇譚(きたん)を考えるんじゃないぞ。マーダラーの正体をだ。なんとしても、つきとめてやる！

タヌキのぬいぐるみ——人形遣いが立ちあがり、ドアを開けた。

あっという間に水曜日がやってきた。
ぼくも自分なりに考えてみたが、なにもわからなかった。
ルームに入れば、だれかが答えを見つけてるかもしれない。そんな気持ちで入室したが、目に入ったのは、うつむいているぬいぐるみの群れだけだった。
——もしかして、探偵なら……。
でも、探偵——シロクマのぬいぐるみも、ほかのアバターと同じ。身動きもせず、いすに座っている。
最後に入室したのは、タヌキのぬいぐるみ——人形遣いだった。

人形遣い　なんだ、なんだ。えらく静かだな。まるで、お通夜じゃねぇか。

現れる人形遣いのふきだし。
——この元気な感じ。ひょっとして、マーダラーがだれかわかったのか？
期待して、次の発言を待つ。
でも、人形遣いはなにも言わず、いすに座った。

人形遣い　みんなそろってるな。ってことは、マーダラーもいるんだな。じゃあ、はじめさせてもらうぜ。

いきなり、奇譚を話しはじめようとする。
——人形遣いは、自暴自棄になってるのか？
いや、そう考えるのは早すぎるのかもしれない。ひょっとす

ると、話の最後に、なにかしかけをしている可能性もある。

人形遣い

これは、おれが体験した話だ。

ぼくは、期待をこめて、モニターに浮かびあがる文字を読む。

---

幼稚園から、人形劇を見せてやってくれと依頼があった。

基本的に、おれはひとりで人形劇をやる。そのため、あやつる人形は、いちばん多くて10体だ。

ひとりで10体の人形をあやつれるのかって？

ああ、そのときに使うのは、指人形だ。指人形なら、10本の指にはめて動かせるからな。

人形劇の人形には、いろんな種類があるんだ。

みんながいちばんよく知ってるのは、糸であやつるマリオネットじゃないかな。

ほかにも、人形についてる棒を使ってあやつる棒人形や棒遣い人形、人形をうしろから抱えてあやつる抱え遣い人形なんかがある。

幼稚園でやるのに、どんな人形がいいかなと思い、おれは、マリオネットのパンちゃんをかばんに入れた。

パンちゃんは、身長が60センチぐらい。5歳ぐらいの女の子の人形なので、幼稚園の子たちは親しみを持ってくれるんじゃないかと考えたんだ。

幼稚園からは、交通安全に関する人形劇をやってくれと言われていた。

おゆうぎ室に机を並べて、その上に舞台をセット。
　おれは、舞台の上からマリオネットをあやつるんだ。
　マリオネットをあやつったことあるかな？
　両手に糸のついた操作盤を持つんだけど、おれの人形は、右手と左手で、あやつる糸の本数がちがうんだ。
　右手は２本、左手は７本。右手の２本は、マリオネットの腕を動かすためのものだ。
　……いや、こんな話をしたいんじゃないんだ。
　その日、パンちゃんが家から幼稚園へ行くようすを舞台でやった。
「歩くときは、道の右側を歩きましょう」
「友だちとふざけて、車道のほうへ飛び出しちゃダメだよ」
「道をわたるときは、右と左をよく見て、車が来てないのを確かめてからわたろうね」
　こういうことを、パンちゃんをあやつりながら、子どもたちの前でやるんだ。
　奇妙なことが起きたのは、横断歩道をパンちゃんがわたるとき。
　おれは、右手の操作盤を動かし、パンちゃんの手を挙げた。
「大きく手を挙げると、車からも、よく見えるよ」
　おれは、園児のほうを見ながら言った。
　どこが奇妙なんだって？
　家に帰ってから気づいたんだが、パンちゃんの手と操作盤をつなぐ糸が、ゆるんでいたんだ。
　これでは、操作盤を動かしても、パンちゃんの手は挙がらない。

おれは、ゾッとした。
——どうして、糸がゆるんでるのに、パンちゃんは手を挙げたのか？
あり得ないことが起きて、おれはわけがわからなくなった。
そんなことが何度かあった。
人形の管理が悪いなんて、思うなよ。
舞台(ぶたい)がはじまる前は、人形がちゃんと動くかどうか、厳しくチェックするんだ。
なのに、舞台が終わると、糸がゆるんでる。
糸がゆるんでるのに、ちゃんと人形は動いている。まるで、意思があるかのように……。
おれは、おそろしくなってきた。
でも、パンちゃんを使うのはやめなかった。ここでにげたら、人形遣(つか)いとして負けるような気がしたからだ。
おれは、糸をじょうぶなものに変えた。
そして、絶対にゆるまないように、しっかり結んだ。

——これで、勝手に動くことはない。
勝ったと思って、パンちゃんを見る。
するとパンちゃんが、「あれあれ、いいの？　そんなことして？」って顔で、おれのほうを見ている。
よく、人形には表情があるって言うだろ。でも、あれはかんちがいだ。たとえば、人形が悲しそうな顔をしてるときは、見てる人間が悲しい気持ちを持ってるんだ。
そういう意味では、人形は、見てる人の感情を映す鏡だな。
話をもどすと、そのときのパンちゃんは、おれのことを心配

してるような顔をしてた。
　わけがわからなかったが、もう一度、糸がゆるまないようにチェックした。
　しばらくして、また別の幼稚園から交通安全の人形劇を頼まれた。
　おれは、少し迷ったけど、パンちゃんをかばんに入れて出かけた。
　交通安全の話をしながら、パンちゃんをあやつる。
　子どもたちは、集中して見てくれている。
　最初のうちこそ緊張していたけど、パンちゃんが思いどおりに動くので、だんだんリラックスしてきた。
　いや、気がゆるんだんだろうな。
「道をわたるときは、右と左をよく見て、車が来ないのを確かめてから、わたろうね」
　しまった、手を挙げるように言うのを忘れた！と思ったときにはおそかった。
　パンちゃんを横断歩道のほうに歩かせていた。
　なのに……。
　パンちゃんは、しっかり右手を挙げている。おれは、操作していないのに……。
　さらにおどろいたのは、
「こんなふうに大きく手を挙げると、車の人からよく見えるからね」
　勝手に、おれの口はせりふを言っていた。
　それからのことは、よく覚えてない。家に帰ったら、ちゃんとギャラを持ってたので、舞台は最後までやることができたん

だろう。

　おれは、机の上にパンちゃんを座らせ、真面目な声で聞いたよ。

「おまえは、生きてるのか？」

　当然と言えば当然だが、パンちゃんは答えない。

　おれも、人形に向かって真剣に話しかけるなんて、バカなことをしてるなと思った。

　——あれは、気のせいだったんだ。交通安全の人形劇は今まで何度もやってるから、無意識にパンちゃんを操作したりせりふを言ったりしたんだろう。

　この説明に納得し、おれは眠った。

　次の日、仕事が入ってなかったので、おれは街に出た。

　——ちょっといそがしい日々が続いたから、人形が生きてるなんて、バカなことを考えるんだ。散歩でもしてリラックスしたら、気分転換できるだろう。

　おれは、気持ちを高めるため、スキップするような足取りで街を歩いた。

　ポケットに手をつっこみ、くちぶえを吹く。まるで、ミュージカル映画の出演者のようだった。

　道路をわたってると、おれのほうを見ていた男の子が、となりにいるお母さんに話してるのが聞こえた。

「あのおじさん、えらいね。道をわたるとき、ちゃんと手を挙げてるよ」

　えっ？

　おれは、ゆっくり首を回した。

　ポケットに入れていた右手が、空に向かってピンとのびてい

る。
　おれは、しばらく動けなくなった。
　力をぬいても、右手はのびたままだ。
　——どうして、手を挙げてるんだ……？
　そう思ったとき、右手がダランと下がった。まるで、吊りあげていた糸が切れたみたいに——。
　おれは、道ばたに座りこみ、息を整える。
　心臓が、信じられないようなスピードで鳴っている。
　——どうして、おれは手を挙げてたんだ？　いったい、おれの体は、どうなってしまったんだ？
　考えても、答えは出ない。いや、出てるんだけど、信じたくない。
　さらに、おれは、おそろしいことに気づいた。
　——さっき、おれはスキップをしていた。
　おれはリズム感がないから、スキップなんてしたことがない。それに、くちぶえ……。
　まわりを見回してから、おれはくちぶえを吹こうとした。
　ふゅ〜。
　口からもれるのは、ただの息。
　——子どものころから、どれだけ練習しても、吹けたことがなかった。どうして、さっきは吹けたんだ？
　おれは、飛びあがるように立ちあがると、家に向かって走った。
　いつ走れなくなるのかわからない、そんな恐怖があった。
　——自分の体をコントロールできるうちに、家に帰るんだ！
　ガクガクする足を必死で動かし、おれは走った。

部屋に入ると、パンちゃんは、机の上に座っていた。
おれは、ホッとした。パンちゃんが動きだし、おれになにかしてるんじゃないかと思っていたからだ。
なのに……。
座ってるパンちゃんの下に、メモ書きが置かれていた。

> しっかり糸を結んだら、
> 　　　　わたしからも、
> あなたをあやつれると思わなかった？

どれぐらいの時間、そのメモを見つめていたかわからない。
気がついたら、おれはパンちゃんをバラバラにこわしていた。
手足につながっていた糸を引きちぎり、頭や腕を壁にたたきつけていたんだ。
落ちついて、おれは、もう一度メモ書きを見た。
ふるえる文字、うすい筆跡。何十キロも重さのあるペンを抱えて、必死で書いたような文字。
これを、パンちゃんが書いた……。だれもあやつってないのに、マリオネットのパンちゃんが書いた……。
おれは、メモ書きを細かくやぶると、部屋にまきちらす。
そして、天井を見る。おれをあやつるものがひそんでいて、おれをジッと観察してるような気がしたからだ。
その後、風呂に入って、全身をこする。目に見えない糸を、洗いながすように——。
"わたしからも、あなたをあやつれる"——メモ書きの文章が、

頭から離れない。
　部屋を掃除し、あやつり人形のなかから、糸であやつるタイプのものをすべて捨てた。
　しばらくは、ふわふわした感じだった。
　道を歩いていても、「足を動かしてるのは、自分の意思だろうか？　それとも、だれかの引っ張る糸に動かされてるんじゃないか」なんて考えてしまう。
　最近になって、ようやく落ちついてきた。
　でもな、たまに思いだすんだ。
　いったい、どうしてパンちゃんは動いたんだろう？　あのメモ書きは、本当にパンちゃんが書いたのか？
　さらに考える。
　こんな経験をしたのは、おれが人形遣いだからか？　いや、逆に、みんな経験してるんだけど人形に関わらない生活をしてるから気づかないだけなのか……？
　ゾクリとする。
　ひょっとすると、みんなだれかにあやつられているんじゃないのか？
　たとえば、戦争——。
　みんな、平和を望んでいる。なのに、いつもどこかで戦争が起こっている。
　これは、みんなをあやつってるやつらが、
「おい、そろそろ、こいつらを戦わせてみないか？」
　などと考えて、ゲーム感覚で戦争を起こしてるんじゃないだろうか？
　なかなかおもしろい考えかただろ？

そして、あやつってるやつらが飽きて糸を切りはなしたとき、世界は終わるんじゃないかなって。
　ここまで考えたとき、突然、たなに置いてある人形が落ちたんだ。
　ただの偶然だと思うんだが、おれには「それ以上、よけいなことを考えるな」という、警告に思えたよ。

---

　ここで、人形遣いの奇譚は終わった。
　だが、人形遣いは、話しつづける。

人形遣い

> この経験から、おれはマーダラーの動機を考えた。そして、ひとつの結論を出した。

　やはり、人形遣いは、なにかをしかけてきた。

人形遣い

> 聞きたいか？

> そうだね。ぜひ、お聞かせ願いたいのだよ。

　突然、マーダラーのふきだしが現れた。人形遣いの話に、興味を示している。

人形遣い

> じゃあ、話してやろう。ただし、条件がある。

なんだね？

人形遣い
おれが出した結論が正解だったら、おれたち全員を助けてくれ。

人形遣いが、おどろく提案をした。

人形遣い
どうだ？　約束できるか？

約束しよう。その結論が正しければ、みんなを助けるのだよ。

提案を受けるマーダラー。

人形遣い
約束は、守れよ。

そう前置きして、人形遣いが続ける。

人形遣い
まず考えたのは、マーダラーの目的だ。奇譚がおもしろくなければ殺す——これ、おかしくないか？　おもしろい奇譚を聞きたいのなら、殺すより、おもしろくなるまで何度も話をさせればいい。そうじゃないか？

言われてみたら、そのとおりだ。殺してしまえば、もう奇譚を聞くことができない。

人形遣い

つまり、マーダラーの目的は、奇譚を聞くことじゃない。おれたちを殺すことだ。

　人形遣いのふきだしを見て、ぼくは、ナイフを首筋に当てられたような気がした。

人形遣い

では、なぜ、マーダラーは、おれたちを殺そうとしてるのか？　おれたちを殺して、なんの利益があるのか？　おれたちは、なにか殺される理由を持っているのか？　しかし、おれたちは職業も年齢も性別もバラバラだ。なんの共通点もない。現実世界でのつながりは、どうか？　これも、わからない。少なくともおれは、ここにいるゲストに現実世界で会ったことがない。

　それは、ぼくも同じだ。
　人形遣いが続ける。

人形遣い

だから、おれは考えを変えた。マーダラーが殺したいと思ってるのは、このなかのひとり。しかし、そいつだけを殺すと、動機からマーダラーの正体がわかってしまう。

人形遣い「だから、無関係なゲストも殺すと言っている。

そんな……。
本当に殺したい人間を殺すために、無関係な人間を何人も殺すっていうのか？

人形遣い「動機は、マーダラーが知られたくないことを、そいつが気づいてしまった。そんなところじゃないか？

ここで、人形遣いは、マーダラーの反応を待つ。
しかし、なんの反応もない。
がまんできなくなった人形遣いが聞く。

人形遣い「どうだ？　おれの出した結論が正解なら、約束どおり、おれたち全員を助けてくれ。

すると、マーダラーのふきだしが現れた。

> ああ、すまない。あまりに的はずれな結論なので、いねむりをしてしまったのだよ。

ぼくは、ショックを受ける。
人形遣いの結論は、まちがっていたのか……。

というわけで、みんなを助けることはできないのだよ。残念だったね。

人形遣い

本当か？　本当に、まちがってたのか？

人形遣いは食いさがるが、

大きな×印が現れただけだった。

次に、きみの話した奇譚だが、実に興味深く聞くことができたのだよ。ただ、話のあとに、わたしの動機を解明するなどという余計なことをつけくわえたのが大きなマイナスポイントになったね。せっかくの料理に、泥水をかけられたような気分なのだよ。不快きわまりないね。

マーダラーのふきだしからは、怒りのようなものが感じられる。

さよなら、人形遣い。

人形遣いは、なにも言わない。それは、自分でも、ミスをしてしまったというのを認めているようだ。
タヌキのぬいぐるみが、消える。

人形遣いは……殺された。
　だけどマーダラーは、そのことを少しも気にしてない。テーブルの上にルーレット盤(ばん)を出現させ、発言した。

> さぁ、次の話し手を決めるのだよ。

　ルーレット盤を見ると、ふたの閉まってないポケットは、六つに減っている。
　キリン、チーター、クロヒョウ、ゾウ、オオカミ、シロクマ……。10人いたゲストも、6人に減ってしまった。
　ルーレットが回る。

> ボール投入！

　金色のボールが、回転するルーレット盤に投げこまれる。そして、ボールが落ちたのは――。

> おめでとう！　次の話し手は、新聞記者なのだよ！

　ぼくたちは、いっせいにチーターのぬいぐるみ――新聞記者のほうを見る。

> 新聞記者なら、いろんな事件を取材(しゅざい)し、おもしろい奇譚を知ってるだろうね。期待してるのだよ。では、次の集まりは、あさっての金曜日でだいじょうぶかな？

マーダラーに聞かれ、新聞記者が答える。

新聞記者
明日でも、かまわない。

いや、明日は木曜日だからダメなのだよ。早く話したい気持ちもわかるが、金曜日の午後5時でがまんしてほしいのだよ。

マーダラーは、新聞記者の気持ちがわかるようだが、ぼくには理解できない。死ぬかもしれないのに、どうして順番を待ちのぞんだりするのだろう……？

ぼくらは、新聞記者がなにを言うのか待つ。

新聞記者
早く話したいという気持ちは、理解できないかな？

表情のないぬいぐるみが、ほほえんだように見えた。

新聞記者
実は、順番が来るのを、ずっと待ってたんだ。早く話したくて──。でも、自分から、順番を早くしてほしいと言うのもこわかった。

不思議だ……。チーターのぬいぐるみから、新聞記者の気持ちが伝わってくる。

新聞記者

では、お先に失礼するよ。奇譚(きたん)の準備をするのでね。

新聞記者が、退出した。

# 第4の奇譚
## 新聞記者

新聞記者は、自分の順番が早く来るのを願っていた。

　説明されても、わからない。死ぬのは、いやだ。

　そりゃ、おもしろい奇譚をすれば助かるとは言われてるが、おもしろいかどうかを決めるのはマーダラー。

　今までの流れから、殺される可能性のほうが高いように思う。

　なのに、新聞記者の、あの態度。彼は、もうあきらめたのだろうか？

　ぼくは、彼の気持ちが知りたい。

　マーダラーの正体を考えることも忘れ、ぼくは金曜日の午後5時を待った。

　ルームに入ったとき、いたのはシロクマのぬいぐるみ——探偵だけだった。

　その後、みんなが入ってきて、最後にいすに座ったのが新聞記者だった。

　なにを発言するか待ったけど、彼はなにも言わない。そのうち、円筒形のモニターが出現し、表面に文字が浮かびあがった。

---

　わたしはマンションに住んでいます。これは、下の階に住んでいる若い夫婦の話です。

　だんなさんのほうは、30歳ぐらい。奥さんのほうは、25歳ぐらいでした。

　会えば、あいさつをする程度のつきあいです。ときどき、彼らが手をつないで出かけるのを、うらやましく見ていました。

　夫婦に子どもはいませんでした。というのも、子どもを育てるにはせまいマンションでしたから。

ところが、ある日、夫婦の部屋の前にベビーカーが置かれてることに気づいたんです。
「ああ、子どもができたのか。すると、もうすぐ引っこしするんだろうな」
　そう思いました。
　そんなとき、ふたりに会いました。
「ベビーカーが置いてありますけど、おめでたですか？」
　わたしは、聞こうと思ったことばをのみこみました。奥さんのおなかが、少しも大きくなかったのです。
　なんだか、聞いてはいけない気がしました。
　わたしは、軽く頭を下げると、夫婦と別れました。
　子どもができないことを、ふたりは悲しく思ってるのではないか？　その悲しさを、ベビーカーを買うことで、ごまかそうとしてるのではないか？　あるいは、子どもを授かってベビーカーを買ったものの、流産などで、不幸にもおなかの赤ちゃんがいなくなってしまったのか？
　そんなことを考えました。もちろん、結婚もしていないわたしが、勝手な想像をしてるだけなんですけどね。
　ただ、その夫婦とは、あまり顔を合わせたくないなと思いました。
　なのに、また次の日、マンションの前で夫婦に会ってしまいました。
　いや……ただ単に会っただけなら、軽く会釈して、その場をとおりすぎればよかったのです。
　でも、わたしは、その場を離れることができませんでした。
　夫婦は、ベビーカーをおしていたのです。さらに見ると、ベ

ビーカーには赤ん坊の人形が乗せられていたのです。
 とても精巧な人形です。注意深く見ないと、わからないぐらいです。
 わたしは、わきの下を冷たい汗が流れるのを感じました。
 笑顔が引きつらないように気をつけて、わたしはあいさつしました。
 それに対して、夫婦もあいさつを返してきます。
 わたしは、できるだけベビーカーを見ないようにして、夫婦を見送りました。
 ふたりは、ゆっくりベビーカーをおして去っていきました。
 それからも、何度か、わたしは夫婦に会いました。
 夫婦は、必ずベビーカーをおしていて、そのなかには赤ん坊の人形が乗っていました。
 ベビーカーに人形を乗せ、散歩する夫婦。わたしは、なんとも言えないおそろしさを感じました。
 わたしは、夫婦について調べはじめました。仕事がら、そういうのは得意なんです。
 まず、本当に子どもがいないのかどうか？
 下の部屋から、赤ん坊の泣き声が聞こえることはありませんでした。
 つまり、赤ん坊はいないと考えられます。
 なのに、夫婦は保育園の入園案内を取りよせたり、子ども服などを買ったりしています。
 夫婦が、どんな仕事をしてるのかはわかりませんでした。ただ、職場は同じなのか、いつもいっしょにマンションを出ていました。

出勤時間は、決まってないようです。午後から出勤したら、朝早く帰ってきたりしていました。そして、そのときも、必ず人形を乗せたベビーカーをおしていました。
　ある日、夫婦が古本をゴミ捨て場に出していました。どんな本を読んでいるのか気になったわたしは、ひもでしばられた本を自分の部屋に持ちこみ、調べてみました。
　多くは、わたしには理解できない工学関係の専門書でした。
　しかし、数冊の本が、わたしの目を引きました。
　それは、催眠術や黒魔術の専門書、犯罪実話集でした。
　変わった本を読むんだな。
　わたしは、黒魔術の本をパラパラとめくってみました。いろんな魔術がのってるのですが、そのなかのひとつを見たとき、思わず本を落としそうになりました。
『人形を本物の子どもに変える魔術』──そう書いてあったのです。
　わたしは、夢中で読みました。
　何語かわからない呪文が、グニャグニャした文字で書いてあります。その読みかたが、下にカタカナで書いてあります。
　いつものわたしなら、バカらしいと思い、本を閉じていたでしょう。
　でも……。
　魔術の解説が、次のように書かれていました。
　1日に3度、呪文をとなえる。そして、1年のあいだ、人形を本物の人間のようにあつかう。そうすれば、人形に命が宿ると──。
　体が、ふるえました。

黒魔術もおそろしかったのですが、もっとこわかったのは、それを信じて実行している夫婦です。
　わたしは、本をもとどおりにしばると、ゴミ捨て場に返しました。
　そして、それ以来、できるだけ夫婦と会わないようにしました。
　外を歩いているとき、前からベビーカーをおしている夫婦が来たら、さりげなくわき道に入りました。
　背後からベビーカーの音が聞こえたら、早足で遠ざかるようにしました。
　そして、１年が過ぎたころのことです。
　わたしの部屋のチャイムが鳴りました。
　ドアを開けると、夫婦が立っていました。奥さんのほうは、２歳ぐらいの女の子の手を引いていました。
「なんでしょうか……？」
　わたしは、体がふるえるのをがまんして聞きました。
「実は、転勤になりまして──。引っこしのごあいさつにうかがったのです」
　だんなさんが、言いました。横では、奥さんもうなずいています。
「転勤ですか？」
　わたしが聞くと、
「ええ。研究が一段落したのです。実は、わたしたちは新製品開発の研究者なのです」
　研究者……。それで、不規則な出勤時間も納得できました。
「どんな新製品を開発してたんです？」

「最近は、新型のベビーカーにかかりっきりでした」
　自分の専門分野のことなので、だんなさんは、うれしそうに話しはじめました。
「データを集めるのに、時間がかかりました。大人では、体が大きすぎてベビーカーには乗せられません。そこで、記録装置のついた人形を乗せたのです。道路の段差や斜度で、ベビーカーにかかる力が、どのように変わるか？　その変化を、赤ん坊はどう感じるか？　そのようなデータが必要なのです」
「……」
「ほかにも、地上70センチの空気の汚染度、季節による紫外線量の変化などのデータが必要でした。記録収集に1年以上かかりましたが、ようやく新製品に生かすことができました」
　だんなさんの話を聞いているうちに、体のふるえはおさまっていました。
「それで、人形をベビーカーに乗せてたのですね？」
「変なことをしてると思われたでしょう。でも、仕事でしかたがなかったのです」
　夫婦が、そろって頭をかきました。
　別れぎわ、わたしは気になっていることを聞きます。
「あの……その女の子は？」
「ああ。たまたま今日、遊びにきた親戚の子どもですよ」
　奥さんが、答えました。
　女の子がふりかえって、わたしに手をふります。
「おじさん、バイバイ！」
　わたしも、笑顔で手をふりかえしました。

奇譚が終わった。

つまらない話だろ？

新聞記者のふきだしが現れる。

自分で、おもしろくないと言うなんて……。ぼくは、不思議だ。

それで、終わりなのかね？

マーダラーのふきだし。

ああ、そのとおりだ。

ぼくは、新聞記者がうそをついていると思った。なにか、話してないことがある。

マーダラーも同じことを考えたのだろう。次のような発言をした。

言いたいことは、すべて話したほうがいいんじゃないのかね？

いや、もう話すことはない。

新聞記者とマーダラーのやりとりを見て、なかなかいい展開なんじゃないかと思った。

第 4 の奇譚

　マーダラーは、まだ新聞記者の話を聞きたい。興味を持っている。つまり、おもしろいと感じてるということだ。
　これは……希望だ。
　ワクワクした気持ちで、マーダラーが、どんな対応をするか待っていると、ほかに発言した者がいた。

探偵

> わたしの推理を話させていただこう。

　探偵だ。シロクマのぬいぐるみ――探偵が、いすから立ちあがり、円卓のまわりを歩きはじめる。

探偵

> 新聞記者の話を聞いて、おもしろいなと思った。

　歩きながら、探偵は発言する。

探偵

> 人形をベビーカーに乗せるという、ぶきみな夫婦の話が、実は、新しいベビーカーの実験データを集めるためのものだった。そして、黒魔術で人間になったと思った女の子は、親戚の子だった。いや、実におもしろい！

　探偵は、新聞記者の席の背後に立ち、彼の両肩に手を置いた。

探偵

> わたしは、あなたが話してないことに気づいている。それを、今から話させてもらうよ。

新聞記者——チーターのぬいぐるみは、身動きしない。それをOKのサインと受けとった探偵が、発言する。

探偵
> 奇譚として聞いたら、なにも引っかかることはなかった。——ただ一点をのぞいてね。

一点？

探偵
> 夫婦は、保育園の入園案内を用意していたんだね。それは、いったいだれのためのものなんだ？

あっ！

探偵
> 親戚の子？　おかしいじゃないか。夫婦が入園案内を用意したのは、ずいぶん前のことだ。でも、その親戚の子は、"たまたま今日、遊びにきた"。——おかしいだろ？

　探偵に聞かれても、新聞記者はなにも言わない。
　しばらくの沈黙のあと、探偵のふきだしが現れる。

探偵
> わたしは、今までたくさんの事件に出合ってきた。そのなかには、犯罪実話集にのっていた事件もある。——そのひとつを、紹介しよう。

　その発言に、チーターのぬいぐるみが、探偵を見る。

かまわず、探偵は続ける。

探偵

それは、年取った夫婦が、子どもほしさに起こした誘拐事件だ。ただふつうの誘拐とちがうのは、夫婦は誘拐した子どもに催眠術をかけ、自分たちを本当の両親と思わせたところだ。

ぼくには、チーターのぬいぐるみがふるえたような気がした。

探偵

あなたのマンションに住んでいた夫婦も、この事件を参考にしたのではないかな？

チーターのぬいぐるみは、答えない。

探偵

さて、もうひとつ——これは、犯罪実話集にものってない、最近の事件だ。誘拐された子どもが殺されるという、とても悲惨な事件……。

探偵の発言に、ぼくはとてもいやな予感がする。

探偵

ある夫婦が、子どもを誘拐し催眠術をかけて、自分たちを本当の両親だと思いこませた。しかし、その夫婦は、自分たちに警察の手がせまってるのを知り、無理心中したのだ。

探偵

夫婦も子どもも、死に顔は、とてもおだやかだったそうだ。夫婦について、同情する気はない。短い時間だが、念願の子どもが持てたのだから。でも、子どもは、どうだっただろう？

ぼくは考える。
答えが出る前に、探偵のふきだしが現れる。

探偵

なにも知らずに死ねて、幸せだった。──そんなふうには、考えられない。催眠術で、うその記憶を植えつけられて殺されたんだ。これほど、不幸なことはない。

新聞記者

わたしも……そのニュースを見た。亡くなった子どもの写真を見て、すぐに"あの子だ"と気づいた。

新聞記者のふきだし。しぼりだすように発言しているのが、伝わってくる。
探偵が続ける。

探偵

事件を知ったあなたは、子どもが誘拐されていることを見ぬけなかった自分に絶望し、死を望んだ。しかし、自殺はこわくてできない。

# 第4の奇譚

探偵

> 奇譚ルームに入ったのは、楽に死ねる方法のヒントを求めたからじゃないのか？　すると、あなたにとっては好都合なことに、マーダラーが現れた。

　新聞記者は、もう身動きしない。まるで、魂がぬけてしまったようだ。

探偵

> あなたは、マーダラーに殺されるのを願っている。

　探偵の発言で、新聞記者が早く順番が来ることを願ってるわけがわかった。
　同時に、チーターのぬいぐるみも消えた。
　代わって、

> ガッカリなのだよ。

　大きなため息が聞こえそうな、マーダラーのふきだしが現れた。

> もっとすごい結末があるんだとワクワクしてたのに……。
> こんなことなら、もっと早く殺しておけばよかったのだよ。

　……マーダラーは、新聞記者と全然ちがう。
　新聞記者は、子どもを救えなかったことで、自分の命を絶と

うとするぐらい責任を感じていた。
　一方、マーダラーは、人の命をうばうことをなんとも思っていない。

> 今回は、本当につまらなかった。次こそは、ワクワクする奇譚をお願いするのだよ。

　そのふきだしを読んで、ぼくはくちびるをかみしめる。
　マーダラーの希望なんか、絶対にかなえたくない！　でも、そうしないと、待っているのは"死"……。

> じゃあ、次の順番を決めるのだよ。

　楽しい感じが伝わってくるマーダラーのふきだし。
　テーブルの上に、ルーレット盤(ばん)が現れる。結果、ボールはクロヒョウのポケットに落ちた。
　クロヒョウのぬいぐるみ——遊民だ。
　ぼくは、遊民のほうを見る。

遊民
> あちゃ〜。思ったより、早く来たな。

　ふきだしを見る限り、あまりショックを受けてないようにも思える。
　それとも、強がってるだけなのだろうか？

# 第4の奇譚

> 期待できるかね？

マーダラーが、質問した。

遊民
> 安心してくれ。おれは、世界中を旅してきた。きっと、満足してくれる奇譚を披露できると思うぜ。

遊民が答える。

> それは楽しみなのだよ。──では、今度は月曜日の午後5時に集まってくれたまえ。

それを最後に、マーダラーの発言は終わった。
　──次は、月曜日。
　ぼくは立ちあがり、ルームを出ようとする。ほかにも立ちあがった者がいるのだが、

遊民
> みんな、ちょっと待ってくれ。

遊民が止める。
　──どうしたんだろう？
　ぼくらは、もう一度、いすにもどった。
　10脚のうち、うまってるいすは5脚。すでに、最初の半分の人数になっている。
　残っている5体のぬいぐるみ。

クロヒョウの遊民。ゾウの先生。オオカミのアイドル。シロクマの探偵。そして、キリンのぼく。
　ぼくは、自分がマーダラーでないことを知っている。つまり、ぼく以外の４名のなかに、マーダラーがいるということだ。
　アイドル、遊民、先生、探偵──このなかのだれが、マーダラーなんだ……？
　遊民が、みんなを見回す。

遊民

自分の番が回ってきてから提案するのもなんだが、もう一度、マーダラーの正体を話しあわないか？

先生

それは、むだだという結論が出ています。

　ゾウのぬいぐるみ──先生が発言する。

先生

この５名のなかに、マーダラーがいるんです。マーダラーをつきとめても、その段階で、全員が殺されると思いませんか？

　その発言に、探偵もうなずく。

探偵

それに、この場でマーダラーがだれかわかったとしても、なにができるんだい？　マーダラーを指摘した人は、助かるかもしれない。しかし、ほかの者はどうなる？

ぼくは、探偵のことばにハッとする。マーダラーを当てれば、確かに、その人は助かる。でも、ほかの人はどうなるんだ……。

探偵
助かるには、マーダラーがおもしろいと思う奇譚をするしかなくなる。まぁ、なにを話しても、『つまらない』と言われる可能性が高いけどね。

オオカミのぬいぐるみ――アイドルが、手を挙げる。

アイドル
でも……なにもしないよりはいいんじゃないですか？

これで、話しあいをするのに賛成するのが遊民とアイドル。そして、反対が先生と探偵。

多数決なら、2対2。

みんなが、ぼくを見る。ぼくは、しばらく考えてから手を挙げる。

ぼくも、話しあったほうがいいと思います。生きのこるために、やれることはなんでもやりたいです。

ぼくは、いすに座りなおす。

先生
しかし、話しあうっていってもどうするんです？もう考えつくしてるような気もしますけど。

話しあいに乗り気でない先生が発言した。

とりあえず、さっき思いついたことがあるんだ。

遊民が、探偵を指さす。

あんたがマーダラーじゃないのか？

ぼくは、その発言におどろいた。ほかの人もおどろいてるのかもしれないが、ぬいぐるみなのでわからない。

遊民が続ける。

さっき、新聞記者は話してないことがあった。それを知りたいマーダラーは、話すまで新聞記者を殺さないでおこうという感じがあった。なのに、あんたがベラベラと話しちまった。けっきょく、新聞記者は殺された。

確かに、あのとき探偵が話をしなければ……。局面は変わっていたかもしれない。でも、遊民の考えはまちがっている。

さぁ、反論があったら言ってくれ。

探偵は、なにも言わない。説明するのがバカらしいという感じが伝わってくる。

だから、代わりにぼくが発言する。

第4の奇譚

> 探偵は、マーダラーではありません。

遊民
> どうして？

> 新聞記者が話さなかった内容を、マーダラーは知りたがりました。でも、探偵は知りたがる必要がないんです。なぜなら、探偵は内容を推理することで、すでにわかっていたからです。

　そう、あの場面で内容がわかっていた探偵は、マーダラーではない。
　探偵のふきだしが現れる。

探偵
> かんたんな推理だよ。

　探偵がマーダラーでないということは、同時に、マーダラーは3名にしぼられたわけだ。つまり、遊民、アイドル、先生のなかのだれか……。

先生
> なるほど。つまり、探偵をのぞいたあなたたち3人のなかにマーダラーがいるというわけですね。

　先生のふきだしが現れた。自分と探偵以外の者のなかに、マーダラーがいる。——ぼくと同じ考えかただ。

しばらくは、だれも発言しない。
おそるおそるという感じで、アイドルの発言が出現する。

どうして、マーダラーはわたしたちを殺したいのでしょう？

それは、人形遣いが推理したな。おれたちのなかに、殺したいやつがいる。しかし、そいつだけを殺すと、マーダラーに、まずいことが起こる。だから、無関係な人間も殺してごまかそうとしている。マーダラーは否定したが、おれには人形遣いの推理があってるような気がする。

遊民が発言した。
アイドルが発言する。

わたしも、あってると思います。わからないのは、マーダラーは、本当に殺したい人間をまだ殺してないのでしょうか？　もし目的を達しているのなら、ごまかすために、わたしたちを殺す必要がありません。

オオカミのぬいぐるみが、みんなを見回す。

だから、もうやめてください。

第4の奇譚

　マーダラーへ話しかけているのだが、それは、アイドルがマーダラーではないという証明にはならない。
　クロヒョウのぬいぐるみ——遊民が、肩をすくめる。

遊民　それは、自分がマーダラーではないというアピールかい？

アイドル　わたしは、マーダラーではありません。それは、わたしがいちばんよく知ってます。

遊民　偶然だな。おれも、自分がマーダラーでないことは、おれがいちばんよく知ってるんだ。

　つまらない言いあいだ。
　ぼくは、考える。
　この段階で、マーダラーでないと言えるのは、ぼくと探偵だけ。
　アイドル、遊民、先生のなかで、いちばんあやしいのはだれか——？
　遊民は、次の話し手だ。疑われないように、自分を次の順番にしたとも考えられる。
　アイドルは、どうか？　さっきの発言……。もし彼女がマーダラーだったら、"殺したい相手は殺したから、もうやめようかな"という気持ちの表れかもしれない。
　そして、先生。今まで、あまり目立った発言や行動はない。それは、正体がバレないように用心してるからなのか？

……ダメだ。
　考えれば考えるほど、みんなあやしく思えてくる。
　でも……このまま時間が過ぎていけば、次の話し手が、ぼくになるかもしれない。
　ゾワリと、首筋の毛がさかだつ。
　今までも、死の恐怖はあった。それでも、どこか他人事だったような気がする。
　いざとなったら、だれかが助けてくれるだろう——そんな、あまい考えがあった。
　だけど今は……。
　死に神に、背後から抱きしめられてるような気分だ。
　いったい、どうして、ぼくが殺されないといけないんだ？
　同じようなことを考えたのか、遊民が発言する。

遊民

> マーダラーは、全員を殺すのが目的なんだよな。でも、どうしておれなんだ？　というか、おれたちなんだ？　10人——いや、マーダラー自身をのぞいたら9人か……。9人を殺せるのなら、だれでもいいのか？　ほかのルームの連中じゃダメなのか？

　遊民の疑問は、もっともだ。

遊民

> もう一度、おれたちが選ばれた理由を考えないか？

遊民は必死だ。

遊民
> おれは、今までに何度も危険な目にあってきた。だから、死ぬのはこわくない。ただ、理由もわからずに死ぬのはごめんだ。

その気持ちは、よくわかる。死ぬのなら、せめて理由を知りたい。

遊民
> 今から、おれの過去を、みんなに知ってもらう。もし、なにか接点があったら、それが殺される理由かもしれないからな。

そして、遊民は語りだした。
今までに旅してきた多くの国。そこでの体験、出会った人たち──。
何度も危険な目にあってきたと言ってたけど、確かに、うそはない。
話はおもしろかったけど、どれも本で読んだようなものばかりだった。

遊民
> 生き残るために、むちゃもしてきたけど、人からうらまれるようなことはしてこなかったつもりだ。

みんなに質問する。

遊民

どうだろう？ おれの話のなかに、よく似た経験や、知ってる人、体験なんか出てこなかったか？

だれも、発言しない。首を横にふるだけだ。

先生

接点などあるはずありません。わたしは、平凡な小学校教師ですから。

先生が、発言する。

先生

そりゃ、厳しく指導して、生徒からうらまれる経験はあります。でも、命をねらわれるようなレベルじゃありません。

アイドル

わたしも、同じです。みんなに夢や希望をあたえたくてアイドルになったんです。うらまれるようなことはしてません。

アイドルが、続けて発言した。
それに対して、探偵のふきだしが現れる。

探偵

遊民、アイドル、先生――きみたちは、実におもしろい。現実世界での職業を、そのままルームにも持ちこんでいるんだ。

この発言に、3人のぬいぐるみが、ビクッとふるえたように見えた。

アイドル
| そういう探偵さんは、どうなんです？　あなたは、現実世界では探偵ではないのですか？

遊民
| おれたちは、自分のことを話した。あんたも、話すべきだと思うぜ。

　アイドルと遊民の発言を、シロクマのぬいぐるみ——探偵は、軽く手を挙げてかわす。

探偵
| わたしは、話せない。探偵という職業がら、守秘義務がある。その点は理解してほしい。

先生
| それは、現実世界でも探偵だということですか？　それとも、自分の正体がマーダラーだから話せないと考えてもいいのでしょうか？

　先生が聞いた。
　シロクマのぬいぐるみが、首を横にふる。

探偵
| わたしは、マーダラーではない。それは、さっき証明されたはずだが。

　それ以降、だれも発言しなかった。

ぼくは、さっきの探偵のことばを考える。

遊民、アイドル、先生は、現実世界と同じ職業をルームに持ちこんでいた。

今までに殺された人形遣いや新聞記者——。あの人たちも、現実世界では人形遣いや新聞記者だったのだろうか？

そんなことを考えていたら、探偵のふきだしが現れた。

わたしたちの共通点が見つからないという話だが、見落としてることがひとつある。

ぼくらはおどろいて、探偵を見る。

われわれの共通点——それは、奇譚が好きだということだよ。

……忘れていた。

確かに、探偵の言うとおりだ。

われわれは、奇譚というエサにおびきよせられた虫だ。火のなかに虫が飛びこむように、もうにげられない。

シロクマのぬいぐるみが、ニヤリと笑ったように見えた。

# 第5の奇譚
## 遊民

# 第5の奇譚

月曜日の午後5時——。

ぼくは、ルームに入る。

すでに探偵は座っていて、ぼくを見て手を挙げる。ぼくは、軽く頭を下げて座る。

続いて、アイドル、先生が入室した。

しばらく待ったが、遊民は来ない。

にげたのかな？

探偵が発言した。

ほかの者は、だまっている。

ぼくは、マーダラーの発言を待った。この状況でマーダラーが発言するということは、遊民がマーダラーではないことの証明になる。

ルームに時計がないので正確にはいえないが、30分ほど過ぎたころ、遊民が入ってきた。

待たせて悪かったな。少し準備にてまどったんだ。

クロヒョウのぬいぐるみが、ドスンといすに座る。

よかった、よかった。わたしは、きっと来ると信じていたのだよ。そこにいる探偵は、『にげたのかな？』と疑ってたようだがね。

マーダラーのふきだしも現れた。

それにはかまわず、遊民が発言する。

おれと、賭(か)けをしないか？

マーダラーは、すぐに返事をしない。しばらくして、ふきだしが現れた。

きみと賭けをして、わたしに、どのようなメリットがあるのかね？

たいくつがまぎれるだろ？

なるほど。その返事が気に入ったのだよ。いいだろう、賭けにのってやろう。

ぼくは、どうなるのかとドキドキする。
マーダラーが聞く。

どんな賭けなのだね？

遊民——クロヒョウのぬいぐるみの手に、砂時計が現れた。
ルームにものを持ちこむには、最初の設定画面で持ちこむ品を登録したり、めんどうな手続きがある。
さっき、てまどったというのは、砂時計を持ちこむ手続きのことだったのだろう。

遊民が、続ける。

> おまえは、いつでも、好きなときにおれたちを殺せるんだよな？

> そのとおりなのだよ。

> この砂時計の砂がすべて落ちるのに３分かかる。奇譚を話しおえてから３分以内に、おれを殺してみろ。できなかったら、おれの勝ちだ。このルームを閉鎖し、おれたちを解放しろ。

> わたしが勝ったら？

> おれが死ぬ——それで、十分だろ？

> まったく、わたしに得のない賭けではないか。

マーダラーの発言は、笑ってるようだ。

> よし、賭けは成立だ。さっそく、きみの奇譚をはじめてくれ。

遊民

> 約束は守れよ。

テーブルの上に円筒形のモニターが現れ、遊民の奇譚がはじまった。

---

これは、おれが南アメリカを旅したときに経験した話だ。

ジャングルに迷いこんだおれは、食料もなくなり、とうとう動けなくなった。

そんなおれを助けてくれたのが、ディリー族だ。

彼らは、現代文明と接触したことのない未接触部族だ。

現代文明を知らないからといって、ばかにはできない。というか、ディリー族を見てると、文明人と言われるおれたちのほうがおくれた人間のように思えてくるんだ。

というのも、彼らは、ものすごくやさしく、とても健康的に暮らしているからだ。

それまでに会ったことのある未接触部族は、部族外の人間に、とても攻撃的だった。会えば、持ってる槍で殺そうとしてくる。

話せばわかる。──そんなのは、自分と同じ文化を持ってるやつにしか通用しない。

そんなふうに、未接触部族と会ったときは、殺されるのを覚悟するのがふつうだ。

なのに、ディリー族は、死にかけてるおれを村に入れ、食料と水をあたえて介抱してくれた。

おれが死にかけてたから、助けてくれたのか？

最初は、そう思った。

だけど、ちがうんだ。

少し元気になったおれは、リハビリをかねて、村のなかを散歩するのが日課になった。

ディリー族は、全部で500人ぐらい。昼間、男たちは狩りに出かけ、女たちが家族の世話をするというように、役割分担がはっきりしていた。

勝手に村のなかを歩いても、だれも文句を言わないし、奇妙な目で見てこない。それどころか、少しでもふらついたりすると、すぐにつえを持ってきてくれたりする。

村の広場に大きな木があるんだけど、それにもたれて、おれはディリー族を観察した。

わかったのは、彼らはだれにでもやさしいってことだ。相手が死にそうだとか、部族外の人間だとか、関係ない。

とにかく、やさしいんだ。

そして、ディリー族は、高い知能を持ってることもわかった。

彼らの使ってることばは、聞いたこともないようなことばだった。キュルキュルした感じの音と、その長さで、表現してるようだ。

まねして発音しようとしたんだが、舌の先が切れそうで、無理だった。

1年ぐらいいっしょに暮らしたんだけど、わかったのは、彼らが自分たちのことを『ディリー』と呼んでることと、いくつかの名詞ぐらいだった。

しかしディリー族は、おれが使う日本語を、あっという間に使えるようになっていったんだ。

おれは、彼らのことばを覚えるのをあきらめ、代わりに日本語を教えるようにしたよ。
　特に覚えるのが早い女の子がいた。10歳ぐらいかな。名前は、ピロ。"糸のようなもの"とか"つなぐもの"という意味があるそうだ。
　日本語がじょうずということもあり、おれの世話は、おもにピロがやってくれた。
　あるとき、おれはピロに聞いた。
「どうして、ディリー族は、だれにでもやさしいんだ？」
　ピロは、首をひねった。
　彼らにとって"やさしい"というのはあたりまえのことなので、それを説明することばがないようなんだ。
　本当に、不思議な部族だった。
　ピロの世話もあり、おれの体は、回復していった。元気になると、なにもないディリー族の生活はたいくつなものだった。
　一度、男たちの狩りを手伝おうとしたら、ピロに怒られた。おれは、狩りをする基本ができてないからダメだというのが理由だ。
　自分で殺したものを食う。これが、基本。でも、おれは、今まで殺してもらったものを食うだけだったから、基本がないそうだ。
　なにもすることがないので、一日中、広場の木の下でゴロゴロしていた。
　せめて、酒やタバコでもあればいいのにと思って、ピロに聞いてみた。
「あるにはあるけど、みんな、こっちでは口にしないよ。体に

悪いもん」
　——こっち？
　おれは、意味がわからなかった。
　ピロの日本語がおかしいと思ったので、おれは聞きかえした。
「"こっち"ってのは、どこのことだ？」
　すると、ピロは妙な顔をした。
　笑ってるような泣いてるような——。言ってはいけないことを言ってしまった……。説明してもわかってもらえないだろう。
　ピロの表情は、いろんなことを語っていた。
　それ以上追及すると、ピロを悲しませると思い、おれは二度と聞かなかった。
　だけど……。
"こっち"というのがなんなのか、ずっと気になっていた。
　それからも、おれはディリー族を観察した。
　彼らは、酒もタバコも持っていた。だが、おれが見ている範囲では、決して口にしない。
　体に悪い——みんな、心の底から、そう思ってるようだった。
　狩りでとってきた食料は、村のみんなで分けあった。けがや病気で狩りに参加できなかった家族にも、食料はあたえられた。
　みんなで助けあう。だれも、そのことを不思議に思っていない。
　人にやさしく、健康的な生活を送るディリー族。そこは、まさに天国のように思えた。表面上は——。
　そう、表面上だ。
　おれは、彼らの生活に、どこかうさんくささを感じてたんだ。
　みんなは、おれのことを、ひねくれ者だと思うか？

おれは、世界中を旅してきて、ひとつの結論を得た。
　それはな、地上に天国はないってことだ。
　どんなに平和でおだやかな街に見えても、そこに人間がいる以上、天国にはならない。
　だから、ディリー族が不思議でしかたがなかった。
　そんなある日の夜、広場でもめごとがあった。若い男ふたりが、にらみあってるんだ。
　なにがあったのか、ピロに聞いてみた。
　それは、どこにでもあるような騒ぎだった。ひとりの女を、同時にふたりの男が好きになる。女は、どちらかを選べない。男たちはたがいに、自分のほうが女を幸せにできるから、おまえがあきらめろと言う。
　そして今、男ふたりがにらみあってるというわけだ。
　おれは、この結果がどうなるか、とても興味があった。
　──人にやさしく、おだやかな生活をしているディリー族。まさか、なぐりあいはしないだろう。
　そう思ってたら、いきなりふたりはなぐりあいをはじめた。
　止めたのは、年取った長老だ。
　キュルキュルしたことばでひと言さけぶと、ふたりは、急におとなしくなった。
　気持ちがおさまったのではないことは、ふたりの血走った目を見たらわかった。
　しかし男ふたりは、背を向けあうと、それぞれの小屋に帰っていった。
　おれは、ピロに長老がなにを言ったのか聞いた。
「"あっち"で、かたをつけろ」

ピロが答えた。
　今度は、"あっち"ということばが出てきた。
　おれは、さらに聞いた。
「"あっち"とか"こっち"とか——それは、どこにあるんだ？」
　この質問には、ピロは首を横にふり、答えてくれなかった。
　次の日の朝、ふたりの男のうちのひとりが、女と結婚すると宣言した。
　それを、一族みんなが祝福した。
　おれは、もうひとりの男のことが気になった。
　広場は、結婚を祝う人たちであふれた。おれは、その場を離れて、もうひとりの男をさがした。
　男を見つけたのは、村のはずれ——ジャングルの手前だった。
　手ぶらで、男はジャングルに入っていく。ふらふらした足取り。
　——あんな状態でジャングルに行ったら、危ない。
　男に追いつき、肩を持って、自分のほうにふりむかせる。
　無表情で、焦点の定まってない目が、おれを見た。
　おれは、こわくなって、男の肩から手を離した。男は、まるで魂をぬかれてるように見えた。
「……」
　おれは、なにも言えない。
　男は、おれのことを無視するように、ジャングルへ入っていく。
　さらに追いかけようとしたら、
「ダメ！」
　声をかけられた。

ふりかえると、ピロが立っている。
　ピロは、おれの手をつかむと、広場のほうへ引っぱっていく。
　さっきの男をほうっておいてもいいのか？
　ピロに聞くと、意外な答えが返ってきた。
「あの男は、もう死んでるから……」
　だれにでもやさしいディリー族とは思えない、冷たい声だった。
「死んでるって……。ちゃんと歩いてたぞ。生きてるじゃないか！」
　そう言ったけど、ピロは、首を横にふるだけだった。
　それからしばらく、平穏(へいおん)な日々が続いた。ディリー族の秘密を知りたかったが、方法がなかった。
　しかたなく、そろそろ日本に帰ろうかなと思いはじめたとき、長老に言われた。
「おまえは、自分の国に帰るのか？　それとも、ここで暮らして、ディリー族のひとりになるか？」
　このとき、正直に「帰る」と言えばよかったのか……。
　だが、秘密を知りたいおれは、「ディリー族のひとりになる」と答えていた。
　満足そうにうなずいた長老は、おれに小さな革袋(かわぶくろ)をわたした。
　なかには、米粒(こめつぶ)くらいの大きさの黒い玉が入っていた。
　ピロに聞くと、「パラ」と教えてくれた。
「"あっち"に行くための、薬のようなもの。寝(ね)る前に、飲んでね。わたしも飲むから」
　笑顔(えがお)のピロ。

おれがディリー族の人間になるので、今まで話せなかったことを話せる。それが、うれしい。——ピロの笑顔が、そう言っている。

　おれは、少し心が痛んだ。ディリー族のひとりになると言ったのは、部族の秘密を知るためのうそ。

　知りたいことを知ったら、にげだすつもりでいた。

　でも、ピロは、少しも疑っていない。

　おれは、心のなかで彼女にあやまる。

　そして、夜——。

　ディリー族にあたえられた小屋で、おれは、革袋に入っていたパラをひと粒つまむ。グミのように、少し弾力がある。力を入れると、中心部にかたいものがあるのがわかる。植物の種だろうか？

　——飲んでもだいじょうぶなんだろうか？

　不安はあったが、これを飲めばディリー族の秘密がわかるかもしれないという期待もあった。

　おれは、パラを飲みこみ、小屋のかたい床に横になる。

　屋根のすきまから星空が見える。

　おれは、静かに目を閉じる。

　そして、次に目を開けたとき——あまりのおどろきに、のどの奥で妙な音がした。

　目を閉じていたのは数秒だ。なのに、ここはディリー族の小屋じゃない。おれが日本にいたときに住んでいた安アパートの部屋だ。

　6畳の部屋に、ベッドとテーブル代わりのコタツ。そして、旅先で集めたガラクタ。

——おれは、夢を見てるのか？　それとも、ディリー族といっしょに過ごした記憶のほうが、夢……？
「夢じゃないわ」
　答えてくれたのは、ピロだ。部屋のすみにピロがいて、ものめずらしそうに、部屋のなかを見回している。
「夢じゃないって……どう考えても、夢だろ！　日本のアパートに、ディリー族のピロがいるなんて、夢以外に説明できないじゃないか」
　おれが言うと、ピロが首を横にふる。
「これは、パラを飲んだから。今、あなたとわたしの意識は、パラがつくった世界にやってきてるの」
　ピロは、おれから習った日本語を一生懸命使って説明してくれる。
　位相空間、同一次元、量子力学——。日本人のおれにも説明できないようなことばを使うピロ。
　長い説明を終えたあと、ことばのないおれに、彼女はため息まじりに言った。
「夢の世界だと考えたほうが納得しやすいのなら、夢でいいわ」
　そして、指を１本のばすと、念をおすように言う。
「あと、忘れちゃいけないのは、この世界ではなにをしてもいいってこと」
「……なにをしてもいいって？」
「そのままの意味よ。なにもがまんしなくていいからね」
　ピロが、おれの手を取る。
「ねぇ、あなたの街を案内してよ」

アパートを出て、真っ先に気づいたのは、空の色だった。
　赤い……。
　熟したイチゴのような色の空。
「どうして、空が赤いんだ？」
　おれは、ピロに聞いた。
「わからない。でも、それ以外は、ふつうの街だから」
　次に気づいたのは、街がうすよごれてることだった。
　建物のガラスが、いたるところで割れている。信号機もこわれてるので、自動車が好き勝手に走っている。ゆずりあおうとしないので、衝突してる車が多い。
　まるで、暴動でも起きたような光景だ。
　スナック菓子のふくろやタバコのすいがら、ペットボトル、コンビニのふくろなどが、いたるところに落ちている。
　歩いてるやつらが、平気で道にゴミを捨てている。
　そいつらの服装が、みんなだらしない。背広にネクタイ姿のやつは少ししかいない。部屋着で、そのまま外出してるような感じだ。
　よっぱらってるのか、酒びんを片手にフラフラ歩いてるやつもいる。そいつが、通行人にぶつかって、なぐりあいがはじまった。
　——なんだ、これは……？
「こいつらは日本人だけど、こいつらもパラを飲んでるのか？」
「ちがうわ。この人たちは、純粋に夢を見てる人たち。わたしたちは、この世界と現実世界を区別して認識できるけど、この人たちにとって、ここは現実世界と同じよ」

「……」
「日本人、かなりストレスがたまってるみたいね。ディリー族は、パラを飲んでも、ここまでひどくならないわ」
　ピロが言った。
　日本人のおれは、なにも言えない。
　目の前を歩いてたやつが、火のついたままのタバコを捨てた。コロコロ転がったタバコ。歩道わきの紙くずに当たり、火が燃えうつる。
「おい、待てよ！」
　注意しようとしたおれのことなどかまわず、男は歩いていく。
「火事になったら、どうする気だ！」
　おれは、あわてて紙くずをふみ、火を消した。
「そのときは、そのとき。気にしなくていいのよ」
　あっさり、ピロが言った。
　おれは、質問する。
「なんだ、ここは！　これが、ふつうなのか？　平気でゴミを捨てる、ちょっとぶつかったぐらいでケンカする。──おかしいだろ？」
　すると、ピロは首を横にふる。
「少しもおかしくないわ。これが、本来の姿──。ここは、やりたいことを自由にできる世界だから」
「やりたいことを自由にって……そんなことをしたら、世のなか、むちゃくちゃになるぞ」
　そこまで言って、この世界がふつうじゃないわけがわかった。
　おれは、さらに聞く。
「本当になにをやってもいいのか？」

うなずくピロ。
「そうよ」
「……人をナイフでさしても？」
「ええ」
　あっさり、ピロが言う。
「こちらの世界でけがをしても、現実世界ではなんともないから。だから、酒やタバコみたいに体に悪いものを、こちらの世界でだけ楽しむ者もいる。ただし、殺されないようにするのだけは気をつけてね。この世界で殺されると、現実世界でも"死ぬ"から」
「以前、ジャングルに入ろうとしてる男を、ピロは死んでいるって言ったな。あの男は、この世界で殺されたのか？　だから魂がぬけたようになってしまったのか？」
「だって、あの状況じゃ、どちらも女の人をあきらめないでしょ。だったら、殺しあうしかないじゃない」
　笑顔のピロ。
　おれは、反論したかった。
　——それは、ちがう。人間なんだから、ちゃんと話しあえば、解決の方法があったはずだ！
　でも、言えなかった。
　現実世界を見ればわかる。話しあえば解決できるなんて、きれいごとだ。
「ディリー族は、現実世界を平和に保つため、パラを飲んで、この世界に来るの。そして、好き勝手なことをして現実にもどる。だから、ディリー族に争いごとは存在しない」
「……」

おれは、なにも言えなかった。
　ピロの言ってることは、まちがってるのか？　いや、正しいことなのか？
　正しいような気もするし、まちがってるようにも思える。
　だまりこんでしまったおれの手を、ピロが取る。
「もっと、街のようすを見にいこう」
　それからの光景は、思いだしたくない。
　おれは、自分でもマナーのいい人間だとは思ってない。でも、街でくりひろげられる光景には、吐き気がした。
　人間のいやな面、隠している面をつきつけられたら……。
　精神がおかしくならないのが不思議だった。
　まさに、悪夢だ……。
　にげるように、おれはアパートに帰った。でも、そこも夢のなか。にげることは、できない。
　ベッドにもぐりこみ、布団をかぶってふるえる。
　――もう少し、がまんしろ。パラの効き目は、朝には切れる。そうしたら、夢も覚める。日本へ帰ろう。
「だいじょうぶ……？」
　ピロの声が聞こえる。
　おれは、布団をかぶったまま、返事をしない。
「でも、これからもパラを使わないと、ディリー族の人間にはなれないわよ」
　ビクッとする。
　おれがディリー族の一員になると言ったのは、秘密を知るためのうそだ。そして、もう秘密はわかった。
　一刻も早く、おれは日本に帰りたい。

「この世界では、うそをついてもいい。でも、現実世界でうそをつくのは許されないのよ」
「……」
「あなた、本当はディリー族の人間になる気なんかないんでしょ？　わたしたちの秘密を知りたかっただけでしょ？」
「……」
「秘密を知ったんだから、もう思い残すことはないわね」
　体がふるえ、止まらない。
　現実世界でうそをついたおれを、ピロは、どうするつもりなんだ……？
　布団のはしをめくり、そっとようすを見る。
　ピロが、部屋のすみにかがんでいる。そして、散らかってる雑誌や新聞を集めている……。
　——なにをする気だ？
　その答えは、すぐにわかった。ピロの手に、100円ライターがにぎられている。
　——部屋ごと、焼き殺す気か！
　おれは、布団をピロに向かってはねとばし、部屋を飛びだした。
　赤い空の街を、必死で走る。
「だれか、そいつを殺して！」
　背後で、ピロの声がした。それを聞いた数人の男が、おれを追いかけてくる。どいつも、うす笑いを浮かべている。ためらいなく人を殺せるやつらだ。
　おれは、とにかく走った。
　ようやくパラの効き目が切れ、村の小屋で目覚めたおれは、

休むことなくディリー族からにげた。

　まだ夜が明けてなかったし、ものすごく疲れていたが、そんなことは言っていられなかった。

　気がついたら、川岸にたおれていた。青い空を見て、またおれは、気を失った。

　次に気がついたのは、病室だった。

　運よく助かったが、そこからがたいへんだった。パスポートもなくしてるから身分を証明するものがない。

　けっきょく、強制送還って形で日本に帰ってきたよ。

---

　ここで、文章が一度止まり、次に現れるまで、少し時間がかかった。

---

10年ぶりぐらいに日本にもどり、ネット社会になってることにおどろいた。

　みんな、匿名をいいことに、平気で人を傷つけるようなことをしている。まるで、全員でパラを飲んでるんじゃないかってほどだ。

　もっとも、パラを飲んでない日本人は、ネットのなかも現実世界も区別ができなくなってるようだけどな。

　マーダラーも、そんなイタイやつなんじゃないかと、おれは思うね。

円筒形のモニターが消え、代わりに遊民のふきだしが現れた。

マーダラーは、現実世界では体験できない殺人を、ルームで経験しようとした。しかし、ルームと現実の区別ができなくなったマーダラーは、現実世界のおれたちを殺している。——どうかな、おれの推理は？

ひと言で答えれば、不正解なのだよ。着眼点は、おもしろいがね。

すぐに現れるマーダラーのふきだし。

それより、きみの奇譚は終わったと考えていいのかね？

ああ、そうだ。

クロヒョウのぬいぐるみが、砂時計をひっくりかえす。サラサラと落ちる砂の粒。

奇譚も終わったし、賭けをはじめさせてもらうぜ。いつでも、おれを殺してくれ。

それを、ぼくたちは、だまって見てるしかない。
だが気になるのは、クロヒョウのぬいぐるみが消えないこと

だ。
　今までは、マーダラーが殺す気になれば、すぐにぬいぐるみは消えていた。なのに、まだクロヒョウのぬいぐるみは消えない。

遊民

どうやら、おれを殺すのは難しいようだな。

　クロヒョウのぬいぐるみが笑ったように見えた。

遊民

自分の番が回ってきて、おれは冷静に考えた。マーダラーは、おれたちとアバターのぬいぐるみが同一化(シンクロ)していると言った。その証拠に、探偵の腕を折ったり、おれたちの手の甲に×印を書いた。そのことから、マーダラーには特殊な能力があり、現実世界のおれたちを殺せると思いこんでしまったんだ。

ぼくは、手の甲をさする。
　あのときの×印は、すぐに消えてしまった。でも、受けた衝撃は、消えていない。
　遊民の発言が続く。

遊民

だが、あれがトリックだとしたら、どうなる？トリックで、特殊能力があるように見せかけてたんだ。

おどろくことを言いだす遊民。

遊民
> おれたちは、探偵の腕が折れたのを実際には見ていない。探偵の悲鳴と、マーダラーの『腕を折った』という証言だけだ。探偵はマーダラーの仲間、もしくは、探偵がマーダラー本人と考えれば、このトリックは成立する。

みんなの視線が、シロクマのぬいぐるみ——探偵に向く。
探偵は、静かに発言する。

探偵
> では聞くが、手の甲に×印を書いたのは、どうやったのだね？

遊民
> これは、事前に準備したんだ。

遊民が、探偵の質問に答える。

遊民
> マーダラーは、なんらかの方法で、ゲストみんなの居場所をつきとめている。そしてなんらかの方法で近づき、みんながルームに入る前に、つまようじのようなとがったもので×印を書いた。そのときは見えないが、こすると、ミミズばれのように浮かびあがるんだ。昔、心霊現象の詐欺で、よく使われたトリックだ。

そういえば、あのときマーダラーは、見えなかったら、こすってみろと発言していた。

遊民
これで、マーダラーに特殊能力がないことはわかった。

遊民の発言は、自信にあふれている。

遊民
では、特殊能力のないマーダラーは、現実世界の殺人を、どうやっておこなってるのか？　生身の人間を殺すのは、デジタルデータを消去するのとはちがう。相手の前に、現れないといけない。

確かに、現実の殺人はかんたんなことじゃない。
相手も抵抗するだろうし、反対に自分が殺される場合もある。

遊民
そこで、おれは自分の身を守るために、単純だが効果的な方法を考えた。なんだかわかるか？　——っていうか、もうマーダラーにはわかってるだろ？

遊民の発言に、マーダラーの返事はない。

遊民
単純で効果的な方法——おれは、自分のいる部屋の鍵をかけた。

そうか！
　今まで、なんとなくマーダラーは幽霊のような存在だと思っていた。ぼくらがどこにいても、殺せる——そんな特殊能力を持った、超自然的な存在。
　でも、さっきの遊民の発言で、マーダラーのトリックにだまされていたことがわかった。マーダラーだって、ぼくらと同じふつうの人間だ。
　遊民は鍵をかけた部屋にいる。密室だ！　だれも入れない！
　マーダラーは、殺人を実行できない。
　この賭け、遊民の勝ちだ。
　勝ちほこったような、遊民のふきだしが現れる。

鍵というのは、なかなか便利なものだぜ。ミステリードラマじゃ、鍵のかかったドアを体当たりでこわしてなかに入るってシーンがよくあるが、現実的には不可能だ。がんばっても、3分でこわすのは無理だろうな。

　マーダラーのふきだしは、現れない。
　あと数秒で、砂時計の砂が全部落ちる。
　マーダラーは、なにもできない。

さぁ、殺してウッ——

　遊民のふきだしが、途中で止まった。
　それと同時に、クロヒョウのぬいぐるみが消える。

第5の奇譚

砂時計の砂が、落ちきった。

ああ〜、残念なのだよ。もう少しだったのに。

マーダラーのふきだし。
勝ちほこってる感じが、ビシビシ伝わってくる。

妙な賭けをしなかったら、遊民くんは、生き残れたのだよ。それというのも、彼の奇譚は、とてもおもしろかったのだよ。合格点をあげられる奇譚に出合えたと思ったのに……。本当に残念なのだよ。まさか、妙な賭けをして、自分の命を捨てるとはね。

ぼくは、クロヒョウのぬいぐるみが座っていたいすを見る。
そこには、なにもない空間があるだけ──。

さぁ、次がだれかを決めるのだよ。

出現するルーレット盤。

# 第6の奇譚

## 先生

第6の奇譚

　ルーレットが回る。
　あいているポケットは、四つ。ぼくのキリン、先生のゾウ、アイドルのオオカミ、探偵のシロクマ——。
　そして、ボールはゾウのポケットに落ちた。

> 次は、先生か。たくさんの生徒に会ってきてるから、おもしろい奇譚が聞けるだろうね。期待してるのだよ。というわけで、水曜日に会おう！

マーダラーの発言が終わった。

先生　「次は、わたしの番ですか。」

　ゾウのぬいぐるみ——先生が立ちあがる。

先生　「おもしろい奇譚を用意しますよ。」

　先生が退出した。
　ルームに残ったのは、ぼくとアイドル、探偵の3人。
　ぼくも、退出しようと思った。でも、なんだか席を立つ気になれない。

アイドル　「少なくなっちゃいましたね。」

　アイドルが発言した。
　ぼくはなにも言う気がないので、探偵が発言するのを待つ。

探偵　しかし、人数が減ったということは、それだけマーダラーの正体をあばきやすくなったということだ。

確かに探偵の言うとおりだ。
ぼくは、オオカミとシロクマのぬいぐるみを見る。
ぼくはマーダラーではない。そして、これまでの状況から探偵もマーダラーでない可能性が高い。
となると——。
アイドルか先生が、マーダラーということになる。
どっちだ……？
確率は、２分の１。でも、決定的な根拠がない。
これだけ人数が少なくなったのに、まだマーダラーの正体がわからないなんて……。ぼくは、とてもくやしかった。

水曜日がやってきた。
ルームに入ると、探偵のほうが先に来ていた。そして、アイドル、先生の順で入室する。
全員が席に着き、しばらく無言の時間が続いた。

どうしたのだね？　全員そろってるのだから、奇譚をはじめてほしいのだが——。

マーダラーのふきだしが現れた。

先生 わかりました。

先生が発言すると、円筒形のモニターが現れる。

先生 これは、わたしの教え子の話です。

そう前置きして、先生の奇譚がはじまった。

---

　ルームを利用してると、思わぬところで昔の教え子に会うことがあります。
　Nくんに会ったのは、心霊現象を科学的に解明しようとするルームでした。
　そこでは、みんな本名を名乗り、アバターもリアル3Dを使っているので、Nくんは、すぐにわたしに気づいたようです。[先生！] と、向こうから声をかけてくれました。
　わたしは、おどろきました。
　Nくんが交通事故を起こし、ひどいけがをしたと聞いていたからです。
　山道を走っていたとき、落ちていた岩をよけて、ガードレールにぶつかってしまったんです。数日前の台風で、岩が崩れていたのを、Nくんは知らなかったと言っていました。
　そのとき、助手席に婚約者を乗せていたのですが、かわいそうに、彼女は亡くなったそうです。
　けがもそうですが、婚約者を亡くした精神的ショックがひど

いんじゃないかなと心配してたんです。
「もう、だいじょうぶなのかい？」
　わたしが聞くと、Ｎくんはうなずきました。
「ええ。まだ少し左手が不自由ですが、家に引きこもっていてもダメだなと……。もっと、前向きに生きていこうと思って」
　それを聞いて、わたしはうれしくなりました。
「ただ……。どうも、妙（みょう）なことが多くて」
　妙なこと？
　そういえば、ここは心霊現象を研究するルームです。
「まさか、幽霊（ゆうれい）関係かな？」
　冗談（じょうだん）まじりだったのですが、あっさりＮくんはうなずきました。
「どうも、とりつかれたようです」
　笑うことはできませんでした。それほど、Ｎくんのようすは真剣（しんけん）でした。
「とりつかれたって……？」
「Ｆ美です」
　Ｎくんが口にしたのは、助手席に乗っていた婚約者の名前でした。
「彼女は、事故を起こしたぼくをうらんでるんです。自分は死んだのに、ぼくは死ななかった。だから、ぼくも早く死ねって……」
「いや、そんなことはない。きみをうらんでるなんてことはない！」
「でも、だれもいないのに、女性の声が聞こえてきたり……。なにもないところから、ものが飛んできたり……。Ｆ美が、幽霊になって現れているとしか思えません」

［だいじょうぶ。幽霊なんかいないよ。全部、きみの気のせいだ］
［ぼくも、そう思っていました。だから、この心霊現象を研究するルームに来て、科学的に調べようと思ったんです。でも……］
　急に、Ｎくんがふるえました。
［今も、ここにＦ美が来てるんです。先生には、わかりませんか？］
　Ｎくんのことばにおどろき、わたしはまわりを見ました。数人のアバターがいますが、幽霊らしきものはいません。……というか、どういうものが幽霊なのかわからないので、なんとも言えませんが……。
　わたしは、Ｎくんに言います。
［気のせいだよ。だって、ここはルームのなかだよ。ルームに幽霊が現れるなんて……］
　ルームを使うようになって、もう何年にもなります。でも、ルームに幽霊が現れるなんて、聞いたことがありません。
［いえ……。確かに、幽霊がいます。こんなルームにまでついてくるなんて］
　そして、Ｎくんは、わたしに礼をすると、
［これで失礼します］
　にげるようにルームから退室したのです。
　残されたわたしに、声をかける人がいました。
［すみません、あなたはＮさんのお知りあいですか？］
　見ると、さっきまでＮくんの横にいた女性が、わたしに話しかけてきました。
［Ｎくんが６年生のときに担任をしていました］

わたしが名乗ると、彼女は、ていねいに頭を下げました。
［Nさんと、同じ会社に勤めてます。S代といいます］
　リアル３Ｄでも、S代さんの美しさは、よくわかります。わからないのは、どうして、わたしに話しかけてきたかです。
　S代さんが、口を開きました。
［わたし、幽霊なんです］
　そのことばに、どんな反応をしていいのかわかりませんでした。
［すみません。突然、こんなことを言っても、わかってもらえませんよね］
　彼女が、説明してくれます。
［Nさんが退院して……。しばらくは、とても落ちこんでました。一生懸命仕事をすることで、婚約者を亡くしたことやけがのことを忘れようとしてるようでした。みんな、必要以上に気を使って……。なかなか話しかけることもできませんでした］
　わたしは、うなずきました。確かに、なかなか話しかけられない雰囲気でしょう。
［それでも、仕事をするうえでは、Nさんと話をしないわけにはいきません。だんだん、みんなもふつうに話しかけるようになり、彼も笑顔で対応するようになりました。でも──］
　S代さんが、顔をふせます。
［わたしが話しかけても、Nさんは、全然相手をしてくれないのです。それはもう、無視をするとかそういうレベルではなく、まるで、わたしがいないかのようなようすなんです］
　聞いていて不思議でした。Nくんは、そんな意地悪なことをする生徒ではありません。いじめっ子を注意するような子です。

S代さんを無視するなんて、信じられません。
　[わたしのデスクは、Nさんの左どなりなんです。Nさんは、前や右側の人から話しかけられると反応するのに、わたしが呼びかけてもこたえてくれないんです]
　[聞こえなかったのかもしれませんね]
　わたしが言うと、S代さんは首を横にふりました。
　[最初は、そう思いました。でも、何度呼びかけてもふりむいてくれなくて……。そのうち、Nさんがほかの人に話をしてるのが聞こえたんです。『幽霊がいる。だれもいないところから、声が聞こえるんだ』って──]
　それを聞いて、S代さんが自分のことを幽霊だと言っている理由がよくわかりました。
　[Nくんは、あなただけを幽霊と思ってるんですか？]
　[どういう意味でしょう？]
　[あなただけの声を無視してるんですか？　それとも、ほかの人に話しかけられても、反応しないのですか？]
　[それは、よくわかりません。でも、わたしだけのような気もします]
　わたしは、考えます。
　Nくんは、わざと人を無視するような人間ではありません。なのに、なぜ、S代さんを幽霊のようにあつかうのか？
　そこで、わたしは気づきました。小学校低学年の男の子が、好きな子に、わざと意地悪することを──。
　Nくんが、S代さんのことを幽霊あつかいするのは、好きな気持ちの裏返しなのではないか。
　そう考えると、なんだかワクワクしてきました。教え子が幸

せになるかもしれないと思うと、うれしいものです。
　わたしは、Ｓ代さんに言います。
［今度、会社のほうへおじゃましてもよろしいですか？　あなたといっしょにＮくんに会って、話をしたいのです］
　Ｓ代さんがうなずいたので、日時を決めました。
　ルームを出るとき、ひとつ確認しておかないといけないことがありました。
［Ｓ代さん、あなたはＮくんに好意を持ってるんですか？］
　この質問に、彼女（かのじょ）はだまってうなずきました。
　約束の日、会社のビルに行くと、彼女は受付で待っていてくれました。
　彼女とＮくんが働いているのは、26階フロア。交通情報を配信するアプリをつくっている部署だそうです。ちょうど昼休みの時間だったので、フロアに残ってる人は、少なかったです。
　Ｎくんをさがすと、彼（かれ）はデスクでコンビニ弁当を広げていました。弁当の左側につめられたポテトサラダとアジのフライを残しています。子どものときは、好ききらいなく給食を食べていたのですが、味覚が変わったのでしょうか？
　Ｓ代さんのデスクは、Ｎくんの横です。
　自分のデスクに荷物を置き、Ｓ代さんがＮくんに声をかけました。
「Ｎさん──」
　すると、Ｎくんはビクッとして箸（はし）を止め、あたりを見回しました。
　わたしとＳ代さんのほうにも視線を向けたのですが、まるでわたしたちなどいないかのように、すぐに目をちがうほうへ向

けました。
　そして、「なにも聞こえない、なにも見えない」と言い聞かせるように、急いで箸を動かします。
「Nくん、だいじょうぶかい」
　わたしは、Nくんの肩をポンとたたきました。Nくんは、反応しません。
　気づいてないはずはないのです。
　もう一度、さっきより強めに、Nくんの肩をたたきました。
「Nくん！」
　すると——。
「うわー！」
　コンビニ弁当をひっくり返す勢いで、Nくんは立ちあがりました。
　声をかけたわたしたちも、おどろきました。
　Nくんは、そのままいすをけり、走っていきました。
　昼休みが終わり、わたしはS代さんと別れたのですが、けっきょく、Nくんはもどってきませんでした。上司には、体調が悪いので早退するという連絡があったそうです。
　その後、Nくんは一度も出社することなく、会社を辞めました。
　上司の人が、会社に残された荷物をマンションに届けようとしたのですが、そこにもNくんは帰っていないとのことでした。
　Nくんは、ゆくえ不明になりました。どこでどうしてるのか、だれも知りません。
　先日、わたしはS代さんと会いました。
　彼女に、「あなたは幽霊ではない、ちゃんと生きた人間だ」と伝えたかったからです。

でも、彼女は納得しません。
自分は幽霊で、Nさんをこわがらせてしまった。だから、Nさんはゆくえ不明になってしまった──そう言い張って、わたしの話を受け入れてくれません。
けっきょく、S代さんも、どこかへ行ってしまいました。まるで、本物の幽霊のように消えてしまったのです。
考えるに、あまりにNくんは真面目だったのでしょう。
亡くなった婚約者を忘れてはいけないと思ってしまったのです。
でも、彼もS代さんも、生きているんです。生きている人間は、幸せにならなくてはいけないんです。
それを、亡くなった婚約者も望んでいたと、わたしは思います。

---

いかにも教師らしい終わりかただった。
円筒形のモニターが消える。
マーダラーが、どんな感想を言うのか気になっていたら、探偵が発言した。

探偵
Nくんが乗っていたのは、左ハンドルの外車だね？

ゾウのぬいぐるみが、おどろいたように首をかしげる。

先生
どうしてわかったんです？

> Ｎくんが、頭の右側をけがしてるからだよ。

探偵の説明は、よくわからない。

だいたい、どうしてＮくんのけがが、頭の右側だってわかるんだろう？

探偵のふきだしが現れる。

> それを話す前に、先生にはつらい話をしないといけない。

そう前置きして、探偵が発言する。

> Ｎくんは、真面目な男ではない。彼は、事故に見せかけて、婚約者を殺している。

おどろくぼくらにかまわず、探偵が続ける。

> 婚約者の死は、社会的には、交通事故でかたづけられている。でも、そこには、Ｎくんの殺意があった。彼の仕事は、交通情報を配信するアプリをつくること。当然、多くの交通情報が集まる。岩が落ちていることも知っていた可能性がある。

探偵: もっとも、可能性があるだけで、知っていたか知らなかったかを証明するのは、だれにもできないが——。手ちがいで、自分も大けがを負ってしまったが、それもあって、Nくんが疑われることはなかった。

先生: しかし……信じられません。あのNくんが人殺しだなんて……。

先生がつぶやく。
それを無視して続ける探偵。

探偵: Nくんだけは、自分が婚約者を殺したことを知っている。その気持ちは、Nくんを追いつめていく。婚約者が、幽霊になって出るんじゃないか？ Nくんは、ビクビクしながら生活しなければならなくなった。そんなとき、彼に好意を持つS代さんが現れた。Nくんにとって、彼女は、婚約者を思わせたのだろう。ひょっとすると、NくんにはS代さんが婚約者そのものに見えていたのかもしれない。ただ、S代さんを無視したのは、そのうしろめたい気持ちだけではない。

探偵
> それは、彼の自動車が左ハンドルだったことから推測できる。

また、よくわからない探偵の説明。
ぼくらは、しんぼう強く、続きを待つ。

探偵
> 助手席に乗っていた婚約者が亡くなったということから、助手席側の衝撃が大きかったということがわかる。そして、Ｎくんは頭の右側をけがしている。運転手の右側が助手席──つまり、左ハンドルの車ということになる。

かんたんな推理だというように、探偵が発言した。

先生
> いや……それ以前に、Ｎくんが、頭の右側をけがしてるというのは、どうしてわかったんです？

先生が、聞いた。

探偵
> それは、Ｎくんが半側空間無視だったからだ。

"ハンソククウカンムシ"……？

アイドル
> なんですか、半側空間無視って？

アイドルが聞いた。

高次脳機能障害のひとつだ。右側の脳が傷つくと、反対の左側の刺激に対して、反応したり注意を向けたりできなくなるんだ。一般の人から見たら、わざと気がつかないようにしているとしか思えないほどの症状が出る。

では、NくんがS代さんを無視したり、幽霊の声が聞こえると言ったのは、その半側空間無視だったからなんですか？

先生の質問に、探偵がうなずいた。

あなたの奇譚を読む限りでは、その可能性が大きい。

アイドルが、質問する。

じゃあ、左側の脳が傷ついたら、右側の刺激に反応できなくなるんですか？

それは、いちがいには言えない。

探偵が、説明する。

探偵

> 右側の脳は、左右空間の監視を担当してるんだが、左側の脳は右空間の監視を担当している。そのため、左側の脳が傷ついた場合、右側の脳がバックアップするので、半側空間無視は起こりにくいんだ。

続いて、半側空間無視の症状を説明してくれた。

食事のときにうつわの半分だけ手をつけないとか、眼鏡の片方のつるがちゃんと耳にかかっていない、ものを正しく認識できず、ぶつかりやすいなど——。

そういえば、コンビニ弁当の左側につめられたポテトサラダとアジのフライを残している話が、先生の奇譚のなかにあった。

> つまらないのだよ。

マーダラーのふきだしが現れる。

> 教師だから、たくさんの生徒と接して、もっとおもしろい奇譚が聞けると思ったのに、実に残念なのだよ。だいたい、きみは、教師として、ちゃんと生徒を見ていたのかね？ うわっつらしか見てなかったから、Ｎくんの人間性を見ぬけなかったのではないかね。だから、こんなつまらない話しかできなかったのだよ。——そうじゃないのかね？

ゾウのぬいぐるみが、うつむく。

奇譚だけではなく教師としての人格も否定され、ゾウのぬいぐるみが小さく見える。

> まぁ、いいのだよ。もし、今度生まれ変わるようなことがあったら、もっとマシな教師になりたまえ。

マーダラーの発言が終わると同時に、ゾウのぬいぐるみが消えた。

ぼくは、空っぽになった席を見ながら考える。

先生は、マーダラーではなかった。

この段階で、残ってるのは、ぼくとアイドルと探偵。

ぼくは、マーダラーではない。探偵も、マーダラーでない可能性が高い。

ということは、アイドルがマーダラーになる。

ぼくは、マーダラーの正体がわかったと発言しようとした。しかし、「自分はマーダラーではない。探偵とマーダラーを比べたら、アイドルのほうがマーダラーとして有力だ。だから、アイドルがマーダラーだ」というのは、根拠として、認められるのだろうか。

迷っていると、マーダラーのふきだしが現れた。

> では、次の話し手を決めるのだよ。

# 第6の奇譚

　ルーレット盤が出現する前に、オオカミのぬいぐるみ——アイドルが、すっと手を挙げた。

アイドル

次の話し手は、わたしにしてください。

# 第7の奇譚

## アイドル

アイドルが次の話し手に立候補したことで、ぼくの思考が止まる。
　これは、どういうことなんだ？
　自分がマーダラーだと思われないように、立候補したということか？　いや、もっと深い意味があるのだろうか？
　マーダラーが発言する。

> 残ったのは、3人。次の話し手になる確率は、3分の1。もし、ほかのふたりに異論がないのなら、次はアイドルにやってもらおうと思うのだよ。

ぼくは、探偵(たんてい)を見た。
シロクマのぬいぐるみが、ゆっくりうなずいた。

> よし、次の話し手はアイドル。集合は金曜日の午後5時！

　そして、マーダラーの発言が終わった。
　ぼくは、アイドルに聞く。

> どうして、次の話し手に立候補したんだい？

　オオカミのぬいぐるみは、なにも答えない。
　探偵も、続いて発言する。

> なにをたくらんでる？

これにも、答えない。

立ちあがるアイドル。

ルームを出るとき、ぼくらのほうをふりかえって発言した。

 こうするのが、いちばんいいと思ったの。

……その意味は、ぼくにはわからなかった。

ログアウトしたぼくは、ベッドに寝ころび考える。

アイドルのねらいはなんなのか？

マーダラーの正体がアイドルだということは、まずまちがいないのだ。

そのアイドルが、次の話し手に立候補した。これは、なにを意味するのか？

もし彼女がマーダラーなら、自分の奇譚をほめる。そして、自分は生き残る。

このとき、ぼくの頭のなかに、すばらしい考えが浮かんだ！

ぼくと探偵がマーダラーでないことは、わかっている。

つまり、マーダラーがアイドルの奇譚をほめた瞬間、ぼくは、

［マーダラーは、アイドルだ！］

と指摘できる。

自分がマーダラーだから、奇譚をほめて生き残った——これが、根拠だ。

マーダラーの正体を見ぬいたぼくは、約束どおり、殺されることはない。

なんだか、体が軽くなったように感じる。

# 第7の奇譚

まるで、頭の上にのしかかっていた黒雲が消え、太陽が顔を出したような気分だ。
ぼくは、久しぶりにゆっくり眠ることができた。

金曜日がやってきた。
ルームに入る。気分は軽い。ぼくは、はじめてルームに来たときのことを思いだした。
——そういえば、あのときは、奇譚が聞けると思って来たんだった。でも、まさか、こんな事態に巻きこまれるとはな……。
ぼくには、あのときからの時間こそが、まさに奇譚に思えた。
——だけど、それももうすぐ終わる。
スキップするような足取りで入室すると、先に来ていた探偵が、ぼくを見て発言する。

探偵「元気そうだね。」

「ええ、まぁ。」

ぼくは、あいまいに答え、席に座った。探偵は、ぼくより推理力がある。おそらく、ぼくが出した結論に、彼も到達していることだろう。
続いて、オオカミのぬいぐるみ——アイドルが入室した。
だまって席に座る。ぼくは、そのようすを冷静に見つめる。
ぼくの考えが正しければ、彼女が奇譚を話したあと、マーダラーは彼女の奇譚をほめる。
そのとき、ぼくは、彼女がマーダラーであることを指摘する。

根拠もある。
　ぼくは、助かる……。
　深く息を吐いたとき、テーブルの中央に、円筒形のモニターが現れた。
　続いて、マーダラーのふきだし。

> さぁ、奇譚を披露してもらおうか。

　オオカミのぬいぐるみが、小さくうなずいた。

---

　わたしは、ここ以外に、『ルーム４８』というルームを使っています。ルーム４８——ご存じないですか？　そこは、アイドルと、そのファンが利用するルームです。5000人ぐらいが入室する、超巨大ルームです。
　わたしは、そこの創設期からのゲストです。
　今から、そこで会ったふたり——王子と姫についてお話しします。
　王子にはじめて会ったのは、握手会のときでした。
　ルームで握手会をするのって、おかしいですか？　ファンの人は、そんなことにはこだわらないんです。
　その日、ルームで行われた握手会にも、たくさんのファンが来てくれました。
　わたしの前にも、たくさんのファンが並んでくれました。
　王子は、そのファンのひとりでした。どうして王子に気づいたかというと、あまりにも平均的なアバターなので、逆に目立

っていたんです。
　ルーム４８では、人間のアバターを使います。ファンのかたは、若い男性のアバターを使うことが多いのですが、髪形や服装に、自分なりの個性を追加して使用します。
　でも王子は、基本となるアバターになにも追加せず、そのまま使っていたんです。
　そして、握手会の列に並んでいるときも、もう楽しくてしかたがないという感じでした。
　だから、王子の順番が回ってきたとき、
［そんなに楽しんでいただけて、うれしいです］
　わたしは、王子に話しかけていました。
　すると、王子は、とてもすてきな笑顔で言いました。
［若いってことはそれだけで、楽しいものなんですよ］
　その発言をきっかけに、わたしたちアイドルは、王子とチャットモードを使って話をするようになりました。
（本当はファンとチャットモードで交流するのは、そのルームの運営側から禁止されてるんですが──）
　王子は、自分の年齢は88歳だと言いました。
　若いときから働きづめの生活。
　おかげで、多くの資産を手に入れることができたけど、それだけの日々。
　奥さんを亡くし、子どもや孫たちは、家庭をほうりっぱなしにしていた王子になついていない。それどころか、にくんでいる。
　手元に、使いきれないほどの大金はあるが、若いときのように使う楽しみもない。

せめて、青春時代をやり直そうと、若者が集まるルームに入ったそうです。
　その後も、王子は、握手会があるたびに来てくれて、ほかのアイドルたちとも仲良くなっていきました。
　ある日、アイドルのメンバーに、姫が入ってきました。
　落ち着いた感じの子で、アイドルというより、どこにでもいるふつうの女の子という雰囲気でした。
　その姫と王子が、とても仲良くなっていったんです。
（ファンとの恋愛は、ルームの運営側から厳しく禁じられてるのですが——）
　わたしは、姫のどこがいいのか、王子に聞きました。
［彼女は、若いときに別れた恋人の、生まれ変わりだと思うんです］
　と王子は答えました。
　そして、若いときの恋バナをしてくれました。
［当時、わたしは貧しく、一方、彼女は資産家の令嬢。身分がちがうということで別れさせられました。それからは、寝る間も惜しんで働き、起業し、彼女の家につりあう人間になれるようがんばりました。成功し、多くの資産を持つようになって、彼女のゆくえをさがしました。すると、彼女の家は破産し、彼女も病気で亡くなっていました。わたしは失意のまま結婚しました。資産めあての女性だとはわかっていたのですが、なげやりになってたんでしょうね。子どもや孫にも恵まれたのですが、愛情を感じることはできませんでした。年を取るにつれ、自分に近づく人間は資産めあてだと考えるようになり、だれも信用できなくなっていきました。そんなとき、別れた恋人にそっく

りの姫に会ったんです]
　ルームでのアバターは、どのような顔にでも変えることができます。
　偶然、姫のアバターが、恋人の顔に似てしまったのでしょう。
　わたしがそう言うと、王子が、首を横にふりました。
［最初は、偶然だと思いました。でも、姫は、わたしを見て『覚えてる？』と言ったのです]
　王子は、おどろいているわたしを見て、楽しそうでした。
［もっとも、そんなことを言ったのは、そのときだけでしたけどね。あとで聞くと、わたしの顔を見たとたん、思わず『覚えてる？』と言ってしまったそうです]
　わたしは、不思議な気持ちで、王子の話を聞いていました。
［でも、それをきっかけに、わたしは姫と仲良くなれました。姫は、わたしに、別れた恋人のことを何度も聞きました。そして、わたしの話を聞いているうちに、姫は、どんどん別れた恋人に似ていきました]
　王子の話を聞いていると、姫は、本当に別れた恋人の生まれ変わりではないかと思えてきました。
［わたしは、姫と、別のルームで会うようになりました。本当は現実世界で会いたかったのですが、彼女は、それを望みませんでした。考えてみれば、現実世界では、わたしは死期がせまった老人です。そんな姿を見せたくない気持ちもあるので、けっきょく、姫と会うのはルームのなかだけでした]
　わたしには、王子の気持ちが、よくわかりました。
　現実では老人でも、ルームのなかでは若くいられる。ずっと青春時代を味わえるから——。

最後に、王子が言いました。
［最近、若いときのことも忘れかけてたのですが、姫と話してると、どんどん思いだせるんです。今日も、はじめてデートしたときのことを、思いだせました］
　遠い目をする王子。
［そのとき、彼女はお弁当におにぎりをつくってきてくれたんです。なかに、なんの具が入っていたかわかりますか？］
　わたしは、梅干しや鮭と答えました。
　どちらにも、王子は首を横にふりました。
［正解は、イチゴです。おもしろいでしょ。当時、彼女は、『イチゴ大福があるんだから、イチゴおにぎりがあってもいいかなって──』と思ったそうです。こんな話を、姫は楽しそうに聞いてくれるんです］
　イチゴおにぎりの味について質問すると、逆に王子から聞かれました。
［イチゴ大福があるのにイチゴおにぎりがないのは、どうしてだと思います？］
　それで、味のほうについては想像できました。
［でもわたしは、それ以来、おにぎりの具はイチゴが最高だと思ってるんですよ］
　これから、王子は姫と会うそうです。
［3日に1度のペースで姫と会ってるんですが、わたしも高齢──。いつまで会うことができるか……。でも、死ぬのはこわくありません。死んだら、今度は別れた彼女と会える。それが、楽しみです］

王子は、わたしの心配そうな顔を見て、続けます。
［わたしが死んだら、遺産争いが起こる——そう心配してるんですか？　死んでしまえば、わたしの遺産はだれも手を出せない。寄付しようと思ってるんです。遺言状にも、そう書きました。子どもや孫たちが、遺言状を見たら、怒るでしょうね。でも、わたしが死ぬまで、わたしも含めてだれも遺言状を見ることはできません］
　そこまで言うと、王子は話しすぎたというようにルームを出ていきました。
　生まれ変わりという現象は本当にあるのでしょうか。
　はじめてふたりが会ったとき、姫が言った『覚えてる？』ってことば——。
　姫が、どうしてそんなことを言ったのか、今ではわかりません。
　というのも、しばらくして王子は亡くなり、姫もアイドルを辞めてしまったからです。
　でも、ふたりのことを思いだすと、わたしは温かい気持ちになれるんです。

---

　アイドルの奇譚が終わり、円筒形のモニターが消えた。
　ぼくは、マーダラーの感想を待つ。もし、彼女がマーダラーなら、その感想は奇譚をほめるものにちがいない。そして、彼女は助かる。
　マーダラーのふきだしが現れる。

> ふむ、少し趣向がちがうが、なかなかおもしろかったのだよ。なんというか、ファンタジー系というのかな。

やっぱり！
マーダラーの正体は、アイドルだ！
そう確信したとき、探偵が発言した。

> ファンタジー系？　バカなことを──。今の奇譚は、はるかに現実的な、それだけにおそろしいものがある。

ぼくには、探偵の言ってる意味がわからない。
アイドルが聞く。

> どういうことでしょうか？

> わたしには、さっきの話の裏側にあるものがすべて見えている。

そして、探偵──シロクマのぬいぐるみは立ちあがり、円卓に沿って歩きはじめる。

探偵

> ルームでは、現実世界とはちがう姿のアバターで現れることができる。そう考えると、姫が、王子の別れた恋人の姿に似たアバターで現れたのは偶然ではなく、わざと似たアバターを使ったと考えるのが自然だ。

アイドル

> でも、なんのために?

探偵

> 王子の遺産を手に入れるためだろうね。

……遺産。

探偵が続ける。

探偵

> 王子は、かなりの資産を持っている。そして高齢で、いつ死ぬかもわからない。王子の子どもと孫たちは、遺産がどうなるか、気になってしかたないだろうね。

> ひょっとして、姫は、王子の遺産をねらってたんですか?

ぼくの思いつきに、探偵はうなずいた。

探偵

わたしの推理では、姫と、その背後にいる者は確実に王子の遺産をねらってるね。

そして、探偵は、自分の推理を話しはじめた。

探偵

遺産をねらう者が知りたいのは、遺言状の中身。王子の話では、寄付すると書いたそうだが——。もし本当なら、遺言状を手に入れ、自分たちに有利になるよう中身を書きかえたいはずだ。王子も、それがわかってるから、遺言状の管理には慎重にならざるをえない。——さて、きみなら、遺言状をどう管理する？

シロクマのぬいぐるみが、ぼくを指さす。

信用できる弁護士に預けます。

首を横にふるシロクマ。

探偵

彼は、だれも信用できなくなっていると言っていた。そんな彼が、弁護士に預けるだろうか？　大金で買収されて、遺言状の中身をもらしたらどうしようと考えたら、とても預けられないよ。

> じゃあ、どうすれば？

探偵
> 金庫を使っただろう。それも、パスワードを入れない限り、絶対に開かない金庫にね。

鍵は複製をつくれる。でも、パスワードは、解読されない限り最強だ。

探偵
> 王子は、『わたしも含めてだれも遺言状を見ることはできない』と言っている。なぜ、王子は、自分も見ることができないか？

アイドル
> ひょっとして、王子はパスワードを忘れている？

つぶやくように、アイドルが発言した。
シロクマのぬいぐるみが、うなずく。

探偵
> 高齢の王子が、パスワードを忘れてしまっても、不思議ではない。では、きみなら、パスワードをどうやって管理する？

また、シロクマのぬいぐるみが、ぼくを指さす。

> メモ書きして、壁にはっておきます。

第7の奇譚

探偵「まわりに、遺産をねらってる者がいるのにかい？」

あきれたもんだというように、天井を見上げるシロクマのぬいぐるみ。

「じゃあ、パスワード管理ソフトを使います。本人とわかる質問と答えを設定して、パスワードを忘れたときに教えてもらうようにします。」

探偵「どんな質問を設定する？」

「そうですね……。『飼っていたペットの名前』とか、『泳げるようになった年齢』とかかな……。」

うんうんとうなずいたあと、探偵が発言する。

探偵「もしそれが『はじめてデートで行った場所』とか『好きなおにぎりの具』だったら？」

おにぎりの具……。

探偵「もし、王子がこのような質問を設定していたら、子どもや孫には、答えはわからないだろうね。王子自身、若いときのことは忘れてるようだし。」

探偵: なんにしても、『好きなおにぎりの具』の問いに、『イチゴ』という答えは、なかなか行きつかないだろう。

アイドル: ……姫は、王子に若いときのことを思いださせるため、現れた？

アイドルの質問に、探偵がうなずく。

探偵: 『イチゴおにぎり』の話のあと、しばらくして王子は亡くなったそうだね。姫も、アイドルを辞めた。これは、なにを意味してるんだろうね。

質問の答えがわかれば、遺言状を手に入れることができる。そして中身を書きかえたら、次に願うのは、王子の死……。
沈黙が、ルームを支配する。

> ああ、残念なのだよ。探偵の推理を聞くまでは、おもしろかったのに——。

マーダラーのふきだしが現れた。

アイドル: ということは、わたしの奇譚は不合格ということですね？

アイドルの質問にマーダラーは、

そうなるのだよ。

と、そっけなく答える。

**アイドル**
それは、残念です。

アイドル──オオカミのぬいぐるみが、ぼくを見る。
そして、軽く手をふった。
えっ？
どうして、ぼくに手を……？
でも、その疑問を解決することはできなかった。質問する前に、オオカミのぬいぐるみは消えた。
アイドルは、マーダラーではなかった……。

さぁ、残りはふたり。次の話し手を決めるのだよ。

マーダラーのふきだしとともに、ルーレット盤が現れる。
ぼくは、発言する。

その必要はない。

どうしてだね？

> マーダラーの正体をつきとめたら、その人は助かる。そういう約束だったな？

> ああ、そのとおりなのだよ。もっとも、当てずっぽうではダメなのだ。ちゃんと、根拠を示す必要があるのだよ。

　マーダラーの発言に、ぼくは大きくうなずく。そして、探偵を指さす。

> 探偵が、マーダラーだ。

　ぼくの発言に、探偵——シロクマのぬいぐるみは、反応しない。
　マーダラーのふきだし。

> 根拠は？

> 残ってるのはふたり。ぼくは、マーダラーではない。つまり、探偵がマーダラーだ！

　これ以上の根拠はない！
　勝ったと、思った。これで、このおそろしくもくだらない殺人ゲームは終わる。
　なのに——。

シロクマのぬいぐるみが、ため息をついたように見えた。
そして、ぼくを指さすと発言する。

探偵
偶然だね。わたしは、自分がマーダラーではないことを知っている。つまり、きみがマーダラーだ。

なにをばかなことを！　──そうさけびたかった。
でも……。
ぼくは、ぼくがマーダラーではないことを知っている。でも、それを証明することができない。
つまり、探偵がマーダラーだという前提を証明することができないんだ。
シロクマのぬいぐるみが、ニヤリと笑ったように思えた。

探偵
わかったかい？　『自分がマーダラーではないことは、自分がいちばん知っている。だから、相手がマーダラーだ』──これは、自分以外の人間には通用しないんだよ。

探偵の発言に、ぼくは、うなずくしかなかった。
そのあいだも、ルーレットは回る。
*カラカラカラカラ──。*
勢いよく回っていたボールは、やがてスピードを落とし、シロクマのポケットに落ちた。

決まった、次の話し手は探偵なのだよ！　今まで、いろいろな事件を解決してるだろうから、きみの奇譚(きたん)には、とても期待できるのだよ。

探偵
期待にこたえられるよう、努力するよ。

次の集まりは、月曜日の午後5時。楽しみなのだよ！

　マーダラーのふきだしに送られるようにして、探偵がルームを出ていく。
　ひとり残されたぼくは、いすから立ちあがろうにも気力が出ない。

# 第8の奇譚
## 探偵

ログアウトしたぼくは、考える。

探偵が、マーダラーだ。

それは、まちがいない。根拠は示せないが、ぼくだけは、わかっている。

だれかにわかってもらう必要はない。大事なのは、どうやって探偵——マーダラーをたおすかだ。

次の話し手は探偵。

彼が披露した奇譚を、マーダラーは絶対に「つまらない」と言わない。

そして生き残った彼は、次に、ぼくの奇譚を否定する。

最後に、探偵だけが生き残る。

この筋書きを、どうやったら崩すことができるのか——。

ぼくは、考える。

でも、答えは出ない……。

なにも、いい考えが浮かばないまま、月曜日をむかえた。

ルームに行くと、すでに探偵はいすに座っていた。

ぼくは、円卓のまわりのいすを見回す。

全部で10脚のいす。そのうち、うまっているのは、ぼくと探偵が座ってるふたつだけだ。

ずいぶんさびしくなったね。

探偵がつぶやくが、ぼくは無視する。

> そろったようだし、はじめるのだよ。

マーダラーのふきだしが現れた。
同時に、円筒形のモニターも出現した。
シロクマのぬいぐるみが立ちあがり、奇譚を話しはじめる。

---

　これは、ある精神科医の話だ。
　彼は、精神世界の不思議さに魅了されていた。同時に、野心にも満ちていて、精神世界の謎を解き、世界的な名声も手に入れたいと考えていた。
　いつも、奇妙な患者に出会いたいと考えていた。しかし医者として、そのような願いを口にすることはできない。
　自分の本心を隠しながら、治療にあたる。いつか、奇妙な症状の患者に出会うのを楽しみにして──。
　そして、そのときがやってきた。
　その人は、自分がどうして病院に来たのかわからないという感じで、精神科医の前に座った。
　話を聞いていると、その人のなかに、別人格がすんでいるような感じがした。
　──解離性同一性障害か？
　最初、精神科医は、そう考えた。
　解離性同一性障害は、解離性障害のひとつで、以前は多重人格障害と呼ばれていた。
　解離性障害は、耐えられない状況に直面したりしたとき、自

分のことではないと感じたり、そのときの感情や記憶をないことにして、心にダメージをあたえないようにすることから引き起こされる障害だ。
　そして、解離性同一性障害は、解離性障害のなかでももっとも重いもので、ないことにした感情や記憶が別の人格となって現れてくるものだ。
　──しかし……。
　精神科医は、その人の話に、妙な違和感を感じていた。
　──これは、ふつうの解離性同一性障害じゃない。
　解離性同一性障害は、なにか精神的なストレスが原因で起こることがほとんどだ。
　しかし、その人の話を聞いていても、そのようなストレスが出てこない。
　それどころか、その人は、どこにでもいるふつうの人にしか思えなかった。
　ふつうの人でも、人に言えない悩みを心に抱えている──精神科医は、今までの経験から、そんなことは知っていた。
　しかし、その人は、"特徴のないのが特徴"とでもいうべき人で、なぜほかの人格を心のなかに持つようになったかがわからなかった。
　精神科医は、長い時間をかけて、話を聞いた。
　でも、原因がわからない。
　思いあたるようなことがないか、その人に聞いても、
「ないですね。それに、体がおかしいといっても、たまに頭痛がするぐらいです。特に、心配してません」
　返ってくるのは、のんきな返事だった。

別の人格が現れると、その人の意識は消え、体は別の人格に乗っとられる。
　また、精神科医は聞いた。
「意識が消えたりすることはありませんか？」
「そういえば、知らないあいだに、ずいぶん時間が過ぎたりしてることはあります。たぶん、いねむりしてたり、ぼんやりしてたりするからでしょう」
　その人は、たいして気にしてないようだった。
　原因も見つからない、治療法も決められないまま、時間だけが過ぎていく。
　そのうち、その人の症状は重くなり、別の人格が増えはじめた。
　最初はひとりしかいなかったのが、ふたり、3人と増えていく。
　それにつれて、別の人格に支配される時間も増えていく。
　――あせってはダメだ。しんぼう強く、あきらめずに、原因をさぐるんだ。
　そして、ようやく、原因らしきものを聞くことができた。
　その人は、みんなにはないしょにしていたが、小説を書いていたのだ。

---

　ズキッと、激しく頭が痛んだ。
　――どうしたんだ……？
　ぼくは、手で頭をおさえる。
　心のどこかで、警告音が鳴っている。

――これ以上、探偵の奇譚を読んではいけない。
　なのに、ぼくは、円筒形のモニターから目を離すことができない。

---

　小説を書いていることを打ちあけ、そのことを精神科医が笑わないとわかると、その人は、進んで創作の話をするようになった。
　どうして、小説を書いていることをだまっていたのか？
　精神科医の質問に、その人は、照れくさそうに答える。
「だって、みんな笑うんです。『小説を書いてる？　なんでそんなことをするの？』『小説家にでもなるつもりか？　無理無理』『まわりを見てみろよ。ひとりでも、小説家がいるか？』――みんな、バカにするように笑うんです。ぼくは、好きで小説を書いてるだけなのに……」
　精神科医は、その人が、このことで、ものすごいストレスを感じているのを知り、これが原因のひとつだと思った。
　ストレスを軽くしようと、精神科医は、小説の書きかたなどを質問する。
「ぼくは、登場人物を作ることをだいじにしてるんです」
　その人は、少し得意げに言う。
「人物設定をくわしくするほど、小説にリアリティーが出ますからね」
　どこで生まれたのか、どのように育ったのかなどは当然として、その人は、もっと細かいところまで設定していた。
　休日の過ごしかた、好きな服装、お金を拾ったときの行動、

怪談話を聞いたときの反応。
　それだけでなく——。
　歩きだすとき、どちらの足からふみだすか？
　つめは、どれぐらいのペースで切るか？
　１分間のまばたきの数。
　小説を書くのに不必要なことも、その人は考えた。細かく設定すればするほど、ぼんやりしていた人物像が、はっきり見えてくる——その人は、そう言った。
「登場人物を考えてると、なんだか神様になったような気分になります」
　その人の説明を聞いて、精神科医は不思議に感じた。
「あなたは、小説を書くのと、登場人物を作りあげるのと、どちらが楽しいんですか？」
　精神科医の質問に、その人は、しばらく考えてから答えた。
「今は、登場人物を考えるほうが、楽しくなってきました」
　その人の説明は、続く。
「夜、新しく考えた登場人物を、鏡の前で演じるんです。服装、表情、立ちかた、手足の動き——。登場人物になりきることで、よりリアルな人物設定ができるんです」
「……」
「すると不思議なことに、自分が、自分でなくなるような感じがするんです。サナギから成虫が出てくるように、自分のなかから登場人物が出てくるような気がして——」
　——精神のなかに、別の人格が誕生している。
　話を聞いていた精神科医は、確信した。
　——彼のなかには、生みだした登場人物が、別人格になって

すんでいる。その人格が現れるため、解離性同一性障害のような症状が出るんだ。
　問題は、どうやって、人格を消していくか……。
　精神科医は考える。
　しかし、なかなかいい治療法が見つからない。
　その人の症状は進み、治療中に別人格が現れることもあった。
　そんなとき、精神科医は別人格と話をし、その人のなかから消えるように説得しようとした。
　しかし、完璧に人物設定されている人格は、「あなたは、その人によって作られた登場人物なのです」とか、「あなたという人間は存在しないのです。あなたは、その人のなかにある人格のひとりです」という話をポカンとして聞いているだけだった。
　──こんなふうに話をしても、むだだ。
　そう考えた精神科医は、ひとりずつの人格を調べて、個別に対応していくことにした。
　まず、その人のなかにすんでいる8人の人格に名前をつけた。
"少年"
"マンガ家"
"ヒーロー"
"人形遣い"
"新聞記者"
"遊民"
"先生"
"アイドル"

ぼく――キリンのぬいぐるみは、思わず立ちあがっていた。
　少年、マンガ家、ヒーロー……。探偵が挙げた名前は、今までにルームで消された人たちの名前だ。
　いったい……これは、どういうことなんだ？
　どうして、探偵の奇譚のなかに、彼らの名前が出てきたんだ？
　ぼくは、探偵に質問しようとした。しかし、そのあいだも、探偵の奇譚は続く……。

---

　それぞれの人格が生まれた背景も、精神科医は調べた。
　"少年"は、その人が、青春小説を書くときに考えた登場人物だ。その人が、自分に容姿、年齢、性格が似ているような設定にした。また、"少年"は、自分自身に違和感を持っている。そのため、「その人のなかにある人格のひとり」という精神科医の話に興味を持っている。
　"マンガ家"は、その人が本当はなりたかった職業だ。しかし、その人は、絵がかけないから小説を書いている。マンガ家という存在は、あこがれの職業であると同時に、その人にとってコンプレックスの象徴でもある。
　"ヒーロー"は、ＳＦ小説を書くために考えた登場人物だ。しかし、その人には、英雄というものがよくわかってない。そのため、どれだけ細かい設定をしてあっても、人格にリアリティーがない。
　"人形遣い"は、童話に出すために考えた登場人物。しかし、人物設定をしているうちに、「人形が人形遣いをあやつってる

のではないか」というアイデアが出てきて、話が童話からＳＦに変わりはじめる。そのため、"人形遣い"のアイデンティティーも定まらなくなってしまった。

　"新聞記者"は、推理小説を書くときに考えた登場人物。どれだけ事件を調べても、真相を見ぬくのは、いつも名探偵。"新聞記者"は調べるだけで、真相に気づくことはない。だから、自分には価値がないのではと思いはじめている。

　"遊民"は、世界をまわって、不思議な体験をしているという設定。そのため、推理力もあるという設定が付けくわえられている。その人は、"遊民"を探偵役として活躍させようと考えていたが、たいした推理力は持っていないので、自分の価値を疑っている設定。

　"先生"は、"少年"と同じく青春小説用に考えだした登場人物。その人は、教師という職業がよくわからないため、"先生"は「教師を目指したが、なかなかなれなかった人」になり、そのことに、強いコンプレックスを感じている人格になった。いつも、「自分は教師らしいのだろうか？」と不安を感じている。

　"アイドル"は、その人が、自分の夢を実現させようとがんばっているアイドル候補生を見て、感動してできた登場人物。自分のなかから生みだしたのではなく、テレビで見た人間から作ったキャラなので、今までの登場人物とは、少しちがう。自分は、ほかの人間とどうちがうのかと常に考えているため、"その人のなかにすむ人格のひとり"と気づく可能性が高い。

　人格たちから話を聞いているうちに、精神科医には、彼らの個性のちがいが見えてきた。

　——どうやって、それぞれの人格を消すか？

ゆっくり考えている時間はないと、精神科医は感じていた。
　──早く治療しないと、それぞれの人格に、本人がのみこまれてしまう。
　そう考えた精神科医は、彼を入院させ、休診日の木曜日以外、すぐに治療できるようにした。

---

　そういえば、ルームが木曜日に開かれたことはない。あと、土曜日や日曜日にも……。

---

「小説家は、原稿のしめきりがせまってくると、ホテルに缶詰めになったりしますね。この入院は、そんなものだと思ってください」
　精神科医のことばに疑問を持たず、その人は、愛用のコンピューターといっしょに入院した。
　デスクトップパソコン以外に、ノートパソコンやモバイルなども持ちこんだ。それらは、その人のなかの人格たちが使うものだ。
　病室に機械を運びこみながら、その人は、首をひねっていた。自分でも、どうしてこんなにたくさんの機械を持ちこむのか、わからなかったのだ。

---

　ぼくは、ゴーグルをはずす。
　薄暗い部屋のなか──。

目の前には、今使っているノートパソコン。ほかにも、デスクトップパソコンやタブレット、スマホがある。
　そういえば、どうしてこの部屋には、こんなにたくさんの機械があるのだろう?
　ぼくは、ゴーグルをつけ、奇譚の続きを読む。

---

　治療のなかで、精神科医は、その人に聞いた。
「小説の登場人物は、物語のなかで殺されない限り、永遠に死にませんね。考えてみたら、すごいことです」
　すると、その人は、とんでもないという表情で、首を横にふった。
「バカなことを言わないでください。確かに、小説の登場人物は、死にません。でも、必要もないのに登場させられている人物は、生きているとはいえません。小説を書く人間として、そんな登場人物を生みだしてはいけません」
　強い調子で言った。
「登場人物は、存在を否定されたら、死んだも同然です」
　そのことばが、ヒントになった。
　――それぞれの人格に、自分の存在は無意味だと思わせられたら、人格は消滅する!
　治療法は決まった。
　――そして、その治療をおこなう場所は……。

> ルーム……？

ぼくのつぶやきに、シロクマのぬいぐるみが、うなずいた。また、ゴーグルをはずす。

白い壁に白い天井。壁には、鏡もないし、アイドルのポスターもはられてない。殺風景なこの部屋は、病室だ。

ゴーグルをつけると、探偵のふきだしが現れている。

> ルームを開設し、きみの病室のコルクボードにパスワードを書いた招待状をとめた。招待状は1枚でいい。きみが見れば、ほかの人格もパスワードを知ることができるからね。

いつの間にかつけられていた招待状。あれをつけたのは、探偵だったのだ。

> ここまで話したら、わたしの正体もわかるだろ？

探偵の質問に、ぼくは答える。

> 奇譚に出てきた精神科医？

> そのとおり。

シロクマのぬいぐるみが、胸をはる。ぼくには、その白い体

が白衣に見える。

ぼくは、ルームでの探偵の推理を思いだす。

コタール症候群に、半側空間無視、解離性同一性障害——さまざまな知識を探偵は持っていた。

さすが探偵は、いろんなことを知っていると思ったが、考えてみたら精神医学関係のことばかりだ。

そして、部屋にルームの招待状を残した人物——どうして、ぼくが奇譚に興味を持ってることを知っていたのか不思議だったが、治療してくれている精神科医なら、知っていて当然だ。

ぼくは、ズキズキと痛む頭をおさえながら発言する。

> "少年""マンガ家""ヒーロー""人形遣い""新聞記者""遊民""先生""アイドル"——彼らは、みんな、ぼくのなかにいる人格……？

探偵

> わたしの奇譚に出てきた"その人"は、きみだよ。

探偵のふきだしが、ぼくの胸につきささる。

いや、そんなにかんたんに信じることはできない。

> おかしいじゃないか？　ほかの人格が現れているとき、ぼくの意識は封印されてるんだろ？　でも、ぼくは、みんなとルームで会話してたぞ。自分のなかの人格と会話する——そんなことができるのか？

探偵「当然、現実世界では無理だ。ここがルームだから、できることだ。」

探偵が、説明する。

たとえば、ぼくが発言し、ふきだしが現れる。その後、別の人格が登場し、発言する。次に現れた人格が、今までのふきだしを見て、また発言する。

発言がふきだしで残るルームだからこそ、別の人格と会話できるんだ。

探偵「実際、このルームでの会話は、ものすごく時間がかかっている。きみたちは、リアルタイムで会話してると思ってるようだがね。」

そういえば、ルームから出るたびに、ずいぶんと時間がたってることを不思議に思ったりした。でも、気のせいだと思って、深く考えなかった。

探偵が立ちあがり、円卓のまわりを歩きはじめる。

探偵「少年がいてくれたのは、わたしには幸運だった。彼は、自分の存在が、きみに悪影響をおよぼすと考えた。ほかの人格も消さないといけないと思った。そして、わたしに協力してくれたんだ。」

ぼくは、少年のことばを思いだす。ぼくに対して、好意的な

イメージを持っていると思った。
探偵のふきだしが続く。

探偵　アイドルも、途中で、自分が別人格のひとりだと気づいたようだね。そして、おとなしく消えようとした。

　最後に、アイドルは、ぼくに向かって手をふった。その意味が、わかったような気がした。
　ぼくは、あいている席を見る。
　そこには、彼らのアバター……動物のぬいぐるみが座っていた。でも、そのアバターをあやつっていたのは、ぼくだったんだ……。
　そういえば、彼らの奇譚を読んでいるとき、なんとなく懐かしいような、どこか知っているような感じがしたのは、みんなぼくが考えたものだったからなんだ。
　ぼくは、胸に手を当てる。
　もう、ぼくのなかに、彼らはいない。
　そして、彼らを殺したのは、精神科医である探偵だ。
　いや、ちょっと待った！
　確かに、人格を消すのは治療行為で、精神科医の仕事だ。でも、ぼくは、マーダラーのしたことを、許すことができない。
　いや、その前に、わからないことがある。
　ぼくは、発言する。

みんなが、ぼくの別人格だった。探偵——精神科医が、治療のためにルームを開いた。そして、ぼくのなかにいる別人格を消した。人格を消すのは、現実世界の人間を殺すのとはちがう。——ここまでの話を納得するには、わからないことがある。

ぼくは、指をのばそうとして、キリンのぬいぐるみの手なので、あきらめる。

まず、みんなが、ぼくの別人格だったというのが納得できない。だって、少年が殺された日、交通事故で死んだ少年のニュースを見たぞ。人格が殺されて、ニュースになるわけがない。

探偵

かんたんな話だ。あれは、順番が逆なんだ。

逆……？

探偵

あの日、病院に、交通事故にあった少年が運びこまれた。かわいそうだが、ひと目で助からないと思った。だから、きみの部屋に招待状を残し、ルームを開設したんだ。現に、数時間後、少年は亡くなった。

シロクマのぬいぐるみが、手を合わせる。

217

# 第 8 の奇譚

そうだったのか。
いや、まだ納得できないことがあるぞ。

> 遊民を殺したのは？

ぼくは考える。
　遊民——つまりは、ぼくなんだけど——は、鍵のかかった部屋のなかにいた。どうやって、彼を殺したんだ？

探偵
> あれは、いちばんあせったね。このときばかりは、手助けしないといけないと思った。

手助け？——どういう意味だろう？
　質問する間もなく、探偵が発言する。

探偵
> 奇譚が終わる前から、わたしはモバイルコンピューターを持って、遊民のいる部屋——きみの病室に向かった。確かに、部屋には鍵がかかっていた。しかし、わたしは病室のマスターキーを持っている。それを使って、かんたんになかに入れた。ゴーグルをつけている遊民は、わたしが入ったのに気づかなかった。しかし、背後から肩をポンとたたいたら、わかったんだろうね——賭けに負けたと。

その瞬間、遊民の人格が消え、ぼくは意識を取りもどしたわ

けか……。そして、彼のふきだしを読んだ。

探偵

別人格すべてに共通してることだが、どうも彼らは、現実世界への興味や関心がうすいようだね。ぼんやりしているというか──。不思議に思って当然なことや、気がつかないといけないことも、平気で見過ごしたりする。本来、別人格は、存在してはいけないもの。それを、存在してもいいと納得（なっとく）するために、不都合なことは意識しないようにリミッターがかかってるのかもしれない。これは、今後の研究課題といってもいい。

その発言は、まさに野心あふれる精神科医のものだった。
ぼくは、残っている疑問を聞く。

手の甲（こう）に浮（う）かんだ『×』印は？

探偵

あれは、遊民の推理どおりだ。医者なら、脈をみるときに、腕（うで）を取る。そのときに、こっそり『×』印を書いたんだ。

なるほど。
医者なら、かんたんにできるトリックだ。それに、ぼくひとりに書けば、ほかの人格も『×』印を認識できる。
こんなトリックの積み重ねで、ぼくは、マーダラーの能力は神のように絶対的なものだと思ってしまったんだ……。

探偵「あと、わたしの骨折に関しても、遊民は見ぬいていた。たいしたものだ。そして、遊民が推理したということは、きみが推理したのと同じこと。ほめてあげよう。」

「マーダラーにほめられても、うれしくない。」

ぼくが発言すると、探偵——シロクマのぬいぐるみが首をひねった。

探偵「きみは誤解してるようだが、わたしはマーダラーではない。」

えっ……?
そういえば、さっき、探偵は「手助け」と言った。あれは、「マーダラーの手助け」という意味だったのか。
つまり、探偵はマーダラーではない……。
しかし、彼がマーダラーでないとしたら、ぼくがマーダラーということになる。
いや、何度も確認するが、ぼくがマーダラーでないことは、ぼくがいちばんよく知っている。
じゃあ、いったいだれが……。
そのとき、ルームのドアにノックの音がした。
ぼくは、ビクッとする。
ノック……? いったい、だれが来たんだ?

ドアが開いた。
　入ってきたアバターを見て、ぼくは、心臓が止まりそうな衝撃を受ける。
　入ってきたのは、ぼくと同じアバター……キリンのぬいぐるみだった。

# 第9の奇譚

## ぼく

キリン「やぁ。」

キリンのぬいぐるみは、軽く手を挙げて、手近ないすに座った。

ぼくは、目の前で起きている光景が信じられない。

いったい、これは、どういうことなんだ？

大きく深呼吸して、気持ちをしずめる。そして、冷静に考える。

まず、根本的な問題を解決しないといけない。

ぼくは、ルームを見回す。

ここには10脚のいすがある。ということは、ルームに入れるのは10人だけのはず。

なぜ、11人目になる"キリンのぬいぐるみ"が入室できたんだ？

いったい、こいつはだれなんだ？

このことを探偵──シロクマのぬいぐるみに聞くと、軽く首を横にふった。

探偵「きみは、まだよくわかってないようだ。」

そして、指をのばそうとして、ぬいぐるみの手なのであきらめる。

> この部屋は、ずっとふたりの人間しか使っていない。すなわち、わたしときみだ。

ずっとふたり？

> 最初、10人の人間がルームにいたと、きみは思ってるようだ。しかし、人形遣いや遊民は、すべてきみの別人格。だから、本当にルームにいたのは、わたしときみのふたりだけだったんだ。そして、今もね。

> 今も？

探偵は、なにを言ってるんだろう……？
今、ルームには、ぼくと探偵、そしてキリンのぬいぐるみの3人がいるじゃないか。
そのとき、ぼくの心臓が、ドクンとはねた。
おそるおそる、探偵に質問する。

> ひょっとして、そのキリンのぬいぐるみも、ぼくの別人格なのか？

探偵——シロクマのぬいぐるみが、首を横にふるのを見て、ぼくはホッとする。
しかし——。

キリンのぬいぐるみが、別人格なんじゃない。
きみのほうが、別人格なんだ。

その瞬間、ぼくのなかで、なにかが終わった。
なんて言えばいいのだろう……。いちばん近いのは、分厚く重いコートをぬぎすてたような気分？
ぼくは、安らかな気分で、いすに深く座りなおす。
探偵が発言する。

さっきの奇譚ではふれなかったんだが、病院に来たのは、こちらのキリンだ。

シロクマのぬいぐるみが、ぼくとはちがうキリンのぬいぐるみを手で示す。

診察をしていると、彼のなかに、きみという人格がいることがわかった。彼ときみは、とても近しい性格をしている。考えかたも似ているしね。

今度は、ぼくのほうを見て探偵が発言した。

しかし、きみのなかにたくさんの人格がいることがわかったときの興奮が想像できるかね？

シロクマのぬいぐるみが、大きく両手を広げる。

探偵
> 別人格のなかの別人格！　この多重構造！　精神世界の深淵までたどりついたと思っていたら、新たな扉を開けてしまった気分だよ。その扉の向こうには、無限とも思える世界が残っていたんだ！

探偵は楽しそうだが、ぼくにはまったく関係ないことだ。
ぼくは、探偵に確認する。

> 本当に、ぼくは別人格なのか？

シロクマのぬいぐるみが、うなずく。

探偵
> 自分でも不思議に思わなかったかな？　今、きみがいる部屋が病室なこと。自分で使わないのに、多くの機械が置かれてること。ルームで過ごす時間が、とても長いこと。ゲストが次々に殺されていくことに、あまり恐怖を感じなかったこと——。

次々挙げられるが、確かにぼくは、不思議に思わなかった。
それは、ぼくが本物の人間ではなく、キリンのなかにすむ別人格だからなのか……。
さっきの探偵の発言——人格は、現実世界への興味や関心がうすいということばを思いだす。
ぼくは、あらためてキリンのぬいぐるみを見る。ぼくと同じアバター。

ぼくは、彼(かれ)の別人格……。

キリン
はじめましてで、いいのかな？　しかし、語尾(ごび)に『なのだよ』とつけなくていいのは、楽でいいね。

キリンのぬいぐるみが、発言する。

キリン
ぼくのことは、なんて呼んでもらえばいいかな？　きみは、ぼくのなかの人格だから、ぼくと同一人物ともいえる。だからといって、同じ呼び名だと混乱してしまう。面倒(めんどう)だから、ぼくのことは"キリン"と呼んでもらおうかな。

キリン……。
ぼくが反応しないのもかまわず、キリンが続ける。

キリン
いすがあいてるから、自分専用のアバターを用意して、きみの前に現れることにしたんd。しかし、どんなアバターを使うか迷ったよ。いろいろ考えたすえ、きみと共有していた、キリンのぬいぐるみにしたんだ。

ぼくは、ルームに、キリンのぬいぐるみが２体いる現実を理解した。
そして、もっとも気になることを質問する。

> おまえが、マーダラーなのか？

キリン
> 自分に、"おまえ"呼ばわりされるのは、あまり気分がいいものではないな。

　そう前置きしてから、キリンはうなずいた。
　ぼくは、彼がうなずく前から、そうではないかと思っていた。
　チャットモードで、人形遣いとアイドルの3人で話をしていた。あのとき、マーダラーは、まるで盗み聞きしていたかのようにチャットモードを終了させた。
　ぼくが、マーダラーの別人格だと考えたら、当然の話だ。
　キリンが、ぼくを見る。

キリン
> 怒らないのかい？

　その質問に、ぼくは答えられない。
　怒りも、悲しみもない。なんていうか、とても冷静な気分だ。
　ぼくがとまどっているのを見て、探偵が発言する。

探偵
> きみは、キリンのなかにすむ人格。消えたくないという思いと同時に、キリンのために消えなくてはいけないという気持ちがあるんだよ。それは、これまでに消えていったアイドルや少年が、きみのために消えようとしたのと同じだよ。

ぼくは、キリンに質問する。

> ルーレットを操作してたのは、おまえか？

キリン
> そうだ。でたらめな順番で消しても、治療に効果がない。探偵と相談して、もっとも効果的な順番で、消した。

> どうして、ぼくを最初に消さなかったんだ？　ぼくを消せば、一度にすべての人格が消えるのに——。

キリン
> 理由は、いくつかある。

キリンは、指をのばそうとして、ぬいぐるみの手を見てあきらめる。

キリン
> まず、きみを消しても、きみのなかにあった人格は、ぼくのなかに根を下ろしている。また時間がたてば、現れる可能性がある。だから、きみより先に、ひとりずつ消したんだよ。

探偵
> 今までにない症例だからね。慎重に対応したんだ。

探偵が、補足説明した。
キリンが、続ける。

キリン「それに、ぼくのなかにいる人格は、きみをふくめてゲームキャラじゃない。一度に消すのではなく、きちんとひとりずつ対応したかったんだ。」

なるほど。その気持ちは、よくわかる。少しだけ、マーダラーに共感する。

キリン「あと──」

キリンの発言が、止まった。
少し時間がたってから、ふきだしが現れる。

キリン「ぼくは、自分に自信がない。かなり、劣等感を持っている。そんなぼくに、きみたち別人格を消す権利があるのかどうか、迷った。ひとりずつ消していったのは、ぼくにはゲームではなく勝負だったんだ。もし、ぼくより別人格のほうが勝っていたら、この体はその人格にゆずり、ぼくは封印されてもいいとも思っていた。」

ぼくは、キリンの発言にうなずく。
キリンが続ける。

キリン

> それぞれの人格は、負けたことを感じると消えた。そのたび、ぼくはその人格が使っていた機械をこわした。

> どうやって？

キリン

> ペットボトルの水をかけたんだ。

　アバターが消えるのは、使ってる機械がこわれたか、ユーザーになにか起きたか——ぼくは、新聞記者が言っていたことを思いだす。
　そうか……。みんな、キリンとの勝負に納得して消えていったのか……。
　ぼくは、大きく息を吸う。

> 認めるよ。きみは、覚悟を持って、ぼくら人格を相手にした。そして勝った。うん、認めよう。きみになら、ぼくは消されても納得できる。

　ぼくは立ちあがり、ルームを見回す。
　いろんなことがあって、たくさんの謎が生まれたけど、それらはみんな解決した。
　ぼくは、キリンの前に立つ。腕をのばし、キリンのぬいぐるみと握手する。

# 第9の奇譚

> もう、ぼくの役目は終わったようだ。このまま、消えることにするよ。

　目を閉じる。
　下りのエレベーターに乗ったときのように、意識がスーッと下がっていくのがわかる。
　そのとき、ぼくは、ひとつだけ残ってる謎に気がついてしまった。
　——そういえば、ぼくの名前はなんだったんだろうな……？
　でも、その答えを知る前に、ぼくの意識は消えていく。

# ENDING
エ　ン　デ　ィ　ン　グ

ENDING

えーっと……。
目を開けたぼくは、状況がわからず、あたりを見回す。
——ここは……ルーム?
大きな円卓と10脚のいすはかたづけられている。代わりに置かれているのが、来客用のソファーセットとふたつのデスク。ぼくが寝ているのは、そのソファーのひとつだ。
壁には、資料を収めるためなのだろうか、大きなキャビネットが置かれている。
ぼくは、自分の手を見る。キリンのぬいぐるみの手だ。

> ああ、起きたようだね。

ルームのドアが開いて、シロクマのぬいぐるみ——探偵が入ってきた。
わきに、大きな板を抱えている。

> ぼくは、消えたんじゃないんですか?

探偵は、ぼくの質問に、腕を左右にふった。本人としては、指をチッチッチとふったつもりなのだろう。

> きみが、今、ここにいる。それが事実だ。

探偵が、ぼくの前のソファーに座る。
ぼくも、座りなおして探偵を見る。

> 説明してください。ここは、ルームじゃないんですか？

探偵
> ルームだよ。ただ、奇譚を披露しあうルームではない。新しく開設した、難事件を解決するためのルームだ。

そう発言したあと、わきに持っていた木の板を、ぼくに見せた。

えーっと……。

> 探偵事務所のルームを開くんですか？

探偵
> そうだよ。

うなずく、シロクマのぬいぐるみ。

> 精神科医の仕事は、どうするんです？

探偵
> そちらは、現実世界の仮の姿。ＳＮＳでの探偵こそ、真の姿。

くるりと回る、シロクマのぬいぐるみ。この探偵の性格が、ぼくには、まだよくわからない。
いや、わからないことなら、ほかにもある。

> ぼくは、消えたんじゃないんですか？

探偵
> その予定だったのだが、きみは消えるのには惜しい能力を持っている。だから、キリンと話しあって、残ってもらったのだよ。

……そんなことができるのか？
さらに、質問する。

> 惜しい能力というのは、推理力のことですか？

この質問に、シロクマのぬいぐるみが腕をふった。

探偵
> いや、探偵助手の能力だ。

探偵助手？
首をひねるぼくにかまわず、探偵が続ける。

探偵
> 探偵助手にもっとも求められるのは、探偵の推理におどろく能力だよ。

探偵: さいわいなことに、きみの能力は、ほかの人よりすぐれている。あと、少しは推理力もあるしね。

……ほめられてる感じが、まったくしない。

探偵: それに、きみのなかには、8人の人格がいた。経験も知識もさまざまな人格がね。わたしの治療により、完治して顔を出すことはないが、統合された人格として、きみの心のなかにある。探偵助手として活動するとき、彼らが役に立つかもしれないよ。

えっ？
……それは、なんだか……うれしい。

探偵: それらの人格をふくめて、きみを必要としてる。それに、きみも、わたしが必要なんじゃないかな？

どういう意味だろう？

探偵: 8人とはちがう人格が顔を出したとき、精神科医としてのわたしの力がいるだろ？

なるほど。確かに、探偵の言うとおりだ。

ENDING

探偵が、ぼくに向かって右手をのばす。

探偵

これからよろしくたのむよ、えーっと……。

ぬいぐるみの手で握手をしながら、探偵の発言が止まった。

探偵

そういえば、きみの名前を聞いてなかったね。

ぼくは、聞こえないようにため息をついてから、このSNSの世界で、なんと名乗ろうか考える。

<Fin>

# あとがき

どうも、はやみねかおるです。

　作家生活28年目にして、初の横書きの本です。顔文字、好きなだけ使ってくださいとのことです。
ヾ(*ΦωΦ)ノ　ヒャッホゥ
☆　☆　☆
　それは、2015年8月27日のことでした。ぼくは、担当編集者さんと、はじめての打ちあわせをしていました。

 今年は、江戸川乱歩生誕120周年没後50年なんです。そこで、乱歩風の物語を書いてくれませんか？

 もう4か月で、今年は終わりますよ。無理です！

 書けるまで、待ちます。

（「いや、それだと生誕120周年没後50年の意味がないのでは……」という言葉をのみこみ）本当に、待ってくれます？

というわけで、ぼくは、仕事を引きうけました。

☆　☆　☆

最初に、「乱歩風の物語とは何か？」を考えました。
(￣へ￣;)ウーン

乱歩の文体で書いた物語か？　少年探偵団や明智小五郎が出てくる物語か？

どちらも、ピンと来ませんでした。そんなの、わざわざ書かなくても、本物の乱歩が書いた物語があるんです。そちらを読めばいいだけの話です。

だから、「もし乱歩が生きていたら、子どもたちに、どんな物語を書いただろうか？」と考えました。(￣へ￣;)ウーン

現世を夢と感じさせ、五彩のオーロラを見させるような物語……。

早々に、結論は出ました。

ぼくの能力では無理だ……。(ヾノ・∀・`)ムリムリ

しかし、引きうけた以上は、書かないといけません。というわけで、開きなおって書きあげたのが本書です。

少しでも"乱歩風"を感じてもらえれば、うれしいです。（どちらかというと、アガサ・クリスティの『そして誰もいなくなった』風になったような気がしますが……）

☆　☆　☆

はやみね

> ぼくは忘れっぽいので、毎月プロットを考えて送らせてもらいます。

1年近くプロットを送り、ようやく本編の形が見えてきました。

その後、「いくつかの事件が起こり、それらが最後にひとつの大きな事件になる」という形ができあがりました。
　かなり難しい構成ですが、なんとかなると思い、書きはじめました。

最後に、読者がおどろくようなどんでん返しをできませんか?

(￣△￣;)エッ・・?

　かなり難しい注文ですが、なんとかなると思い、書きはじめました。
　なんとかなるときは、なんとかなるものです。書きあがった原稿を読んで、編集者さんはビックリしてくださいました。

　打ちあわせのとき、ひとつお願いをしました。

資料がほしいです。不思議な小ネタがあれば送ってください。(ΦωΦ)ﾌﾌﾌ…

わかりました。

　まさか毎月、「ネタ通信」が届くとは思いませんでした。
(;￣ー￣川 アセアセ

　　　　　　☆　☆　☆

　それでは、最後に感謝の言葉を──。

かわいらしくも妖しい雰囲気のあるイラスト、最高です。しきみ先生、本当にありがとうございました。（ぼくのアバター——チベットスナギツネをアレンジしていただいたぬいぐるみ、とても気に入ってます！）

　毎月「ネタ通信」を送ってくださったうえに、横書き、アイコン、ふきだしなど、すてきな本になるようアイデアを出してくださった朝日新聞出版の河西さん、ありがとうございました。そして、本当に書きあがるまで待ってくださった編集部のみなさま、ご迷惑をおかけしました。

　校正刷りの段階で興味を示し「おもしろい！」と一気読みしてくれた奥さんと、通信機器に弱いぼくにいろいろ教えてくれたふたりの息子へ——。ありがとうございました。

☆　☆　☆

　それではまた、べつの物語でお目にかかりましょう。
　それまでお元気で。
　では！（￣∇￣）ノ""マタネー!!

Good Night, And Have A Nice Dream！
お(ノ￣0￣)ノ　や(o￣・￣)o
す(。＿＿)。　みzzz..

作 **はやみねかおる**

1964年4月16日、三重県に生まれる。牡羊座、O型。
三重大学教育学部数学科を卒業後、小学校の教師となり、
クラスの子どもたちに読み聞かせするための物語を書きはじめる。
「怪盗道化師(ピエロ)」で、第30回講談社児童文学新人賞に入選し、
1990年、作家デビュー。代表作に、「名探偵夢水清志郎(ゆめみずきよしろう)」シリーズ、
「怪盗クイーン」シリーズ、「都会(まち)のトム&ソーヤ」シリーズ(以上、講談社)、
「モナミ」シリーズ（角川書店）などがある。
趣味は、自転車での山登り、草刈り、洗濯物干し、ザリガニ釣りなど。

画 **しきみ**

イラストレーター。「刀剣乱舞(とうけんらんぶ)-ONLINE-」をはじめ、
オンラインゲームのキャラクターデザインでも活躍中。
代表作に、画集『獏の国』（一迅社）、『猫町』〈萩原朔太郎＋しきみ〉、
『押絵と旅する男』〈江戸川乱歩＋しきみ〉（以上、立東舎）がある。


装幀　川谷康久（川谷デザイン）


校閲　小笠原公美子、船橋史（朝日新聞総合サービス）

# 奇譚ルーム

2018年3月30日　第1刷発行
2022年8月20日　第6刷発行

著者　　はやみねかおる

発行者　　片桐圭子

発行所　　朝日新聞出版
　　　　　〒104-8011　東京都中央区築地5-3-2
　　　　　電話　03-5541-8833（編集）　03-5540-7793（販売）

印刷所　　大日本印刷株式会社

©2018 Kaoru Hayamine
Published in Japan by Asahi Shimbun Publications Inc.
ISBN978-4-02-331659-1

定価はカバーに表示してあります。

落丁・乱丁の場合は弊社業務部（電話03-5540-7800）へご連絡ください。
送料弊社負担にてお取り替えいたします。

# はやみねかおるの『ルーム』シリーズ

## 夏休みルーム 2

はやみねかおる
画 しきみ

定価:1078円(本体980円+税10%)

## 細心の注意をはらって行動したまえ。
## 命が惜しいのならね

進学塾(しんがくじゅく)の特別クラスに通う〝ぼく〟たちは、
受験前最後の夏を、SNS(エスエヌエス)の仮想空間『夏休みルーム』で過ごすことにした。

「登山」「百物語」「海水浴」—— 楽しいはずのルームで、

だれかが、ぼくを殺そうとしている!

犯人は、特別クラスのメンバーなのか? それとも……SNSをさまよう幽霊(ゆうれい)!?

おそらく、真犯人は
わからないと思いま
す。(ΦωΦ)フフフ…

はやみね

## 公式サイトも見てね! 〔Q 朝日新聞出版〕 検索